Bianca

UN AMOR SICILIANO

LUCY MONROE

Editado por Harlequin Ibérica.
Una división de HarperCollins Ibérica, S.A.
Núñez de Balboa, 56
28001 Madrid

I.S.B.N.: 978-84-687-9530-0
Depósito legal: M-3383-2017
Impresión en CPI (Barcelona)
Fecha impresion para Argentina: 2.10.17
Distribuidor exclusivo para España: LOGISTA
Distribuidores para México: CODIPLYRSA y Despacho Flores
Distribuidores para Argentina: Interior, DGP, S.A. Alvarado 2118.
Cap. Fed./Buenos Aires y Gran Buenos Aires, VACCARO HNOS.

Capítulo 1

TE HAS enterado? El abuelo está intentando comprarle un marido a ella –dijo con sorna una voz femenina.

–Con la fortuna que posee él, no le resultará difícil.

–Ese hombre vivirá hasta los ciento cinco años y seguirá controlando su empresa hasta el mismo día en que se muera –añadió la mujer–. Lo que significa más de treinta años casado con una mujer irremediablemente introvertida, irremediablemente normal y seguramente irremediable en la cama. Casi transcurrirá una vida antes de que su futuro marido pueda obtener algún fruto de su trabajo.

–Visto así, los rendimientos de la inversión resultan muy bajos –comentó el hombre sardónico.

–¿Acaso habías pensado presentarte al puesto? –bromeó la mujer, venenosa.

La carcajada masculina a modo de respuesta enervó a Luciano. Había llegado tarde a la fiesta de Nochevieja que ofrecía el multimillonario de Boston Joshua Reynolds. Sin embargo, sabía perfectamente de quién hablaban la cínica mujer y su acompañante: de Hope Bishop, la nieta del anfitrión. Una joven muy dulce y ciertamente muy tímida.

Él no se había enterado de que su abuelo había decidido conseguirle un marido. Tampoco le sorprendía:

aunque ella poseía la inocencia de los dieciocho años, debía de tener veintitrés o veinticuatro, ya que había completado sus estudios en la universidad hacía dos años. Él recordaba haber asistido a una cena formal para celebrarlo.

La cena, como todos los actos sociales ofrecidos por Reynolds, se había convertido en un encuentro de negocios y la invitada de honor había desaparecido mucho antes de que terminara la velada. Él había tenido la impresión de ser la única persona que lo había advertido. Desde luego, el abuelo de ella no lo había hecho.

Luciano se apartó de la pareja de chismosos y rodeó una planta tan alta como una persona. Su frondoso follaje le impidió ver lo que ocultaba, una Hope Bishop petrificada de vergüenza, hasta que casi se dio de bruces con ella.

Ella ahogó un grito y dio un paso atrás.

–¡*Signor* di Valerio! –exclamó y de no ser porque él la sujetó, habría aterrizado sobre la gigantesca maceta china que albergaba la planta.

Sus enormes ojos violeta parpadearon intentando disimular las lágrimas. Su piel era suave y cálida, advirtió él.

–Lo siento. Soy una torpe –se disculpó ella.

–En absoluto, *signorina*. Soy yo quien debe disculparse, caminaba sin mirar por dónde iba. Me pongo a vuestros pies por mi comportamiento tan precipitado.

Tal y como él esperaba, su disculpa formal y anticuada logró arrancar una sonrisa de aquellos carnosos labios que un momento antes temblaban.

–Es usted muy amable.

Ella era una de las pocas personas que creían eso,

se dijo él al tiempo que la soltaba y sorprendido de lo difícil que le resultó separarse de ella.

–Y usted está encantadora esta noche.

Ella clavó la mirada en la pareja que seguía chismorreando detrás de la planta y se le ensombreció el rostro. Era evidente que había oído las críticas de la pareja.

–Encantadora no creo, más bien «irremediablemente normal» –dijo con suavidad–. Y por favor, tutéame. Al fin y al cabo nos conocemos desde hace cinco años.

¿Tanto tiempo ya?

–De acuerdo, Hope –dijo él sonriendo y observó con fascinación que ella se sonrojaba.

Las risas de la pareja de chismosos les regresaron al presente. A Luciano no le gustó la tristeza en la mirada de Hope. La agarró del brazo.

–Ven, *piccola*.

Pequeña. Un apelativo muy apropiado para ella, tan menuda.

Ella le siguió sin reparos. Él siempre había apreciado eso de ella: que no discutía por el mero hecho de hacerlo, ni siquiera con su abuelo sobreprotector; era una persona pacífica.

La condujo hasta la biblioteca donde, como esperaba, no había otros invitados. Entraron y él cerró la puerta. Ella necesitaba unos momentos para recuperarse.

De nuevo, se vio sorprendido por el deseo de no apartar sus manos de ella, pero ella se soltó suavemente y se giró hacia él. Estaba realmente encantadora con su traje púrpura oscuro. El corpiño moldeaba su figura menuda pero de bonitas curvas mientras que la brillante falda larga flotaba alrededor de sus tobillos de una manera muy femenina. Ella no era sexy como las mujeres con las que él solía salir, pero sí bonita, con una inocencia sorprendentemente tentadora.

—Yo no creo que mi abuelo esté intentando comprarme un marido, ¿sabes? —comenzó ella recogiéndose un rizo tras la oreja—. Desde que tuvo el ataque cardíaco me ha regalado muchas cosas, pero siempre de manera muy impersonal. No creo que se atreviera a buscarme esposo.

Luciano no estaba tan seguro, pero no dijo nada.

—¿A qué se refiere, *signorina*?

Ella giró el rostro y clavó la mirada en una estantería a su izquierda.

—Mi abuelo me ha criado desde que yo tenía cinco años —comenzó ella—. Pero yo apenas existía para él, excepto para ordenar a los sirvientes que me compraran todo lo que yo necesitara: ropa, libros, una educación...

Era lo que Luciano siempre había supuesto: ella había vivido relegada a la trastienda de la vida de Joshua Reynolds y había sido perfectamente consciente de ello.

—Aunque últimamente, él me ha comprado las cosas personalmente. Mi cumpleaños fue hace un mes y me regaló un coche. ¡Fue al concesionario y lo eligió él mismo! Me lo contó el ama de llaves —explicó ella anonadada por el hecho—. Lo gracioso es que yo no sé conducir. Creo que él está intentando compensarme por algo.

—Tal vez lamenta haber pasado tan poco tiempo contigo a lo largo de los años decisivos en tu formación.

La risa suave y femenina de ella afectó a la libido de él de manera inesperada.

—Hizo que el ama de llaves me sacara a cenar por

mi cumpleaños después de que los del concesionario nos llevaran el Porsche a casa.

—¿Te compró un Porsche?

No era un regalo apropiado para una mujer joven que ni siquiera sabía conducir. Ella podría matarse al pilotar por primera vez un coche tan potente. Él tendría que hablar con Reynolds para asegurarse de que ella recibía unas apropiadas clases de conducir antes de circular por ahí sola.

—Sí. Y también un abrigo de visón. Auténtico —puntualizó ella y suspiró—. Soy vegetariana... La idea de matar animales me da náuseas.

Él sacudió la cabeza y se apoyó en una mesa.

—Tu abuelo no te conoce muy bien, por lo que se ve.

—Supongo que no. Aunque sí estoy emocionada con el viaje de seis semanas por Europa que me ha regalado esta Navidad. Será a principios del verano —comentó ella ilusionada—. Viajaré con un grupo de estudiantes universitarios y un guía.

—¿Cuántas chicas seréis?

—Aún no lo sé. El grupo es mixto. En total seremos diez sin contar el guía.

—¿Vas a viajar con chicos?

La idea de que aquella ingenua criatura pasara seis semanas con un grupo de estudiantes con las hormonas revolucionadas no gustó a Luciano. Tampoco se detuvo a analizar por qué le importaba tanto.

—No creo que sea una buena idea. Seguramente lo pasarías mejor en un grupo solo femenino.

Ella lo miró atónita.

—Lo dices en broma, ¿verdad? Una de las mayores razones para hacer ese viaje es pasar algo de tiempo con hombres de mi edad.

–¿Pones reparos a que Joshua te compre un marido pero no un amante? –inquirió él, irracionalmente enfadado al conocer la noticia de que ella deseaba compañía masculina.

Ella palideció.

–Yo no he dicho eso. No busco ningún amante –afirmó y se puso en pie de un salto–. Regreso a la fiesta.

Le rodeó como si él fuera un animal furioso que amenazara con atacarla y salió por la puerta.

Él maldijo para sí en italiano. Había visto lágrimas en aquellos ojos color lavanda. Lo que la pareja de chismosos no había logrado con sus desagradables comentarios, él lo había conseguido con una sola frase.

La había hecho llorar.

Hope notó dos manos ya familiares en sus hombros.

–Por favor, *piccola*, permíteme que me disculpe de nuevo.

Ella no dijo nada ni se movió. ¿Cómo iba a hacerlo? En cuanto él la tocaba, ella perdía toda su voluntad. Él no podía ni imaginarlo, ni tenía por qué. Los magnates sicilianos no se fijaban en vírgenes de veintitrés años irremediablemente normales para una relación... del tipo que fuera.

Parpadeó furiosa sin poder evitar que las lágrimas bañaran sus mejillas. Ya era malo el haberse oído ridiculizada por dos de los invitados de su abuelo. Pero que Luciano, de entre todos los asistentes, también los hubiera escuchado había aumentado el daño tremendamente. ¡Y encima él la había acusado de querer que su abuelo le comprara un amante! ¡Como si la idea de que algún hombre pudiera desearla por ella misma fuera imposible!

—Suéltame —susurró ella—. Voy a comprobar cómo está mi abuelo.

—Joshua tiene una legión de sirvientes que se ocupan de sus necesidades. Yo solo te tengo a ti.

—Tú no me necesitas.

Él la giró hacia sí e hizo que lo mirara a los ojos.

—No lo decía en serio, pequeña —afirmó destilando arrepentimiento.

Luego murmuró algo en italiano y le secó las mejillas con un pañuelo de seda negra que había sacado de su bolsillo.

—No te aflijas tanto. No ha sido más que una broma mal formulada.

Ella sacudió la cabeza. No estaba suficientemente curtida como para encajar las sofisticadas bromas de él con ecuanimidad.

—Lo siento. Soy una estúpida emotiva.

Él entrecerró sus fabulosos ojos castaños.

—No eres estúpida, *piccola*, tan solo excesivamente sensible. Los chismes de esa pareja te han afligido a pesar de que sabes que son falsos —señaló él con un suave apretón en los hombros—. Tu abuelo no tiene necesidad de comprarte ni un marido ni un amante. Eres encantadora y amable, una mujer que cualquier hombre desearía.

Estaba claro que él se veía forzado a mentir para salir de aquella incómoda situación, se dijo Hope y se obligó a sonreír.

—Gracias.

El atractivo rostro de él se relajó, aliviado, y le devolvió la sonrisa.

Perfecto. Si lograba convencerlo de que estaba bien, él la dejaría irse y ella podría retirarse a su habitación a lamerse las heridas.

Nadie repararía en que ella había abandonado la fiesta. O quizás Edward, su compañero del hogar de acogida para mujeres, si se diera cuenta. Aunque le había dejado enfrascado en un debate con otro de los invitados y dudaba mucho de que acabara antes que la fiesta.

Ella se apartó de las manos de Luciano por supervivencia. La proximidad de él la afectaba hasta niveles preocupantes. ¿Haría que le prepararan un aroma personal? Ningún hombre olía tan bien como él.

—Estoy segura de que hay otros invitados con quienes querrás hablar —señaló con una leve sonrisa forzada—. Si te pareces a mi abuelo, verás cualquier evento social como una oportunidad para fomentar tus negocios. La mayoría de los invitados son contactos profesionales suyos.

Él dio un paso hacia ella, invadiendo su espacio con su presencia y su aroma.

—En lugar de hablar con hombres a quienes puedo ver cualquier día de la semana, preferiría que me llevaras al bufé. He llegado hace poco.

De hecho, ella había creído que él no se presentaría. Había conocido su llegada tras la debacle junto a la planta.

—Desde luego.

Después de todo, era su deber como anfitriona, se dijo girándose para que él la siguiera.

Casi se detuvo en seco al sentir la mano de él en su cintura. Para cuando llegaron a la mesa del bufé, ella tenía las emociones y el corazón disparados.

–¿Me acompañarías mientras como?

No tenía elección, se dijo ella. Negarse supondría una grosería. Lo único que podía equipararse a la venganza siciliana era el sentimiento de culpa siciliano. Se preguntó cuánta penitencia necesitaría Luciano antes de olvidarse de ella de nuevo.

–Sí, por supuesto –dijo y ahogó un suspiro.

En circunstancias normales, ella estaría feliz ante la oportunidad de pasar algo de tiempo junto a él. Él la había fascinado desde que se habían visto por primera vez cinco años atrás. Desde entonces, coincidían un par de veces al año ya que él y su abuelo hacían muchos negocios juntos.

En aquel momento, ser el centro de su atención le parecía una experiencia embriagadora, por más que estuviera motivada por la compasión y la culpa.

Esperó a que él llenara su plato y le condujo a una mesa para dos. Si aquellos breves momentos eran todo lo que ella podría tener de él, quería disfrutarlos en privado.

–¿Sigues trabajando como bibliotecaria en el hogar de acogida para mujeres?

A ella le sorprendió que él recordara ese dato. Durante veinte minutos, le habló de su trabajo allí, que tanto le gustaba. Cuidaban principalmente de víctimas de violencia doméstica, pero también de madres solteras que atravesaban una mala racha.

–¿Admitís donaciones? –inquirió él.

Así que esa era la manera como él mitigaría su culpa por haberla hecho llorar, pensó ella. Él podía donar mucho dinero a una causa justa como aquella.

–Sí. Compraron los muebles de la planta de arriba

con mi abrigo de piel, pero todavía queda amueblar la planta de abajo.

Él sonrió y ella sintió que se derretía por dentro.

—Así que vendiste el visón, ¿cierto?

—No, eso no estaría bien. Después de todo, era un regalo. Se lo di al refugio —respondió ella guiñándole un ojo y ruborizándose ante su propia temeridad—. Ellos lo vendieron.

—Ocultas a una pequeña pícara en tu interior.

—Tal vez, *signor*. Tal vez.

—¿Tienes una tarjeta del hogar? Me gustaría pasársela a mi asistente personal para que hiciera una donación en mi nombre lo suficientemente cuantiosa como para amueblar varias salas.

—Están en mi habitación. ¿Esperas un momento a que te la traiga?

Hope sacó una tarjeta del estudio anexo a su habitación. Iba a volver a la fiesta cuando se dio cuenta de que faltaban menos de diez minutos para la medianoche. Si esperaba un poco, podría evitar el ritual de tener que besar a alguien al dar las doce.

No le preocupaba que alguno de los invitados la abordara. Seguramente se quedaría sola mirando cómo se besaban los demás. Pero se le encogía el estómago al imaginar a Luciano unido a alguna mujer despampanante. Y había muchas en la fiesta.

Bajar al salón en aquel momento solo subrayaría el humillante hecho de que ella no encajaba entre los invitados de su abuelo. Tal vez había nacido en aquel mundo, pero nunca lograría sentirse parte de él... quizás porque nunca se había sentido parte de nada.

Se fijó en una placa en la pared con una cita de Eleanor Roosevelt: tal vez no pudiera evitar ser tímida, pero no tenía por qué ser cobarde.

Luciano advirtió la presencia de Hope en cuando ella apareció de nuevo en la sala y se apartó de la modelo escandinava que lo había abordado nada más marcharse Hope.

–Has regresado.

Ella miró a la modelo y después a él.

–Aquí están las señas del hogar –dijo tendiéndole una tarjeta delicadamente.

Él se la guardó en el bolsillo interior de la chaqueta.

De pronto se produjo un alboroto y comenzó la cuenta atrás. Luciano advirtió que el rostro de ella se contraía de aprensión. ¿Qué le preocuparía ante la llegada del nuevo año? Notó que la modelo rubia se colgaba de su brazo y advirtió que los hombres y las mujeres estaban emparejándose. Se acercaba el tradicional beso para comenzar el año con buena suerte.

De pronto, comprendió la tristeza de Hope y supo que él debía elegir: podía besar a la mujer sexy y de mundo a su izquierda o a Hope.

Diría que ella estaba convencida de que escogería a la modelo. Ella había crecido acostumbrada a que nadie la cuidara y, aunque parecía muy dispuesta a hablar con él, frente a los demás era extremadamente tímida. No esperaba que nadie la besara y esa expectativa le había llenado los ojos de tristeza. No era justo.

Ella era amable y generosa. ¿Qué les ocurría a los hombres de Boston que no reparaban en aquella flor exótica y delicada?

Se soltó de la rubia y se acercó a Hope. Ella olvidó su cuenta atrás y se lo quedó mirando atónita. Una algarabía explotó a su alrededor y él se inclinó sobre ella. La besaría brevemente, nada comprometedor. Le debía aquella pequeña concesión por haberla hecho llorar. El insulto había sido algo personal y el desagravio también debía serlo.

Sus labios rozaron los de ella y ella se estremeció y entreabrió los labios. Él la tanteó con la lengua y decidió dar un paso más. Fue mucho mejor de lo que habría imaginado posible.

La lengua de ella rozó tímidamente la suya y él se encendió y quiso más: la abrazó por la cintura y la atrajo hacia sí. Ella se amoldó completamente a su cuerpo. Él la elevó del suelo hasta que sus rostros se encontraron a la misma altura y pudo besarla ardientemente. Ella lo abrazó por el cuello y gimió, correspondiendo a su beso con una pasión arrolladora.

Los sonidos que ella dejaba escapar lo excitaron aún más. Ajeno a lo que les rodeaba él quiso desnudarla y saborear cada centímetro de su delicioso cuerpo.

Se disponía a tomarla en brazos para llevársela a algún sitio cuando una voz retumbante interrumpió sus pensamientos lascivos.

–Con un beso como ese, ambos vais a tener más suerte que un dragón chino.

Capítulo 2

LUCIANO irguió la cabeza ante el tono de broma de Joshua Reynolds y regresó dolorosamente a la realidad: el anfitrión le había sorprendido besando ardientemente a su nieta. Hope seguía fuertemente abrazada a él, como extasiada, pero el resto de los invitados sí que eran conscientes de la situación.

Dejó a Hope con más rapidez que delicadeza, apartándola de sí con un movimiento brusco.

–¿Luciano? –preguntó ella descolocada.

–No sabía que vosotros dos os conocíais tan bien –dijo su abuelo con una picardía que a Luciano no le gustó.

–No es imprescindible conocer bien a alguien para compartir un beso de Año Nuevo –aseguró con firmeza–. Usted sabe tan bien como cualquiera que la he visto poco a lo largo de los años.

Deseaba atajar cualquier idea que aquel hombre pudiera tener acerca de Hope y él como algo más que meros conocidos.

–¿Es eso cierto? –inquirió Reynolds girándose hacia Hope–. ¿Tú qué dices, pequeña?

Hope se quedó mirando a su abuelo como si no le reconociera. Luego miró a Luciano quien, con la mirada, la animó a Hope a que despertara de su hechizo y le confirmara eso a su abuelo.

En un principio, ella pareció confusa, pero luego su expresión se transformó vertiginosamente. Pasó de la maravilla al dolor, aunque trató de ocultarlo. Esbozó una sonrisa que a él le dolió por forzada.

—No ha sido nada, abuelo. Menos que nada —respondió dándose media vuelta y evitando mirar a Luciano—. Voy a comprobar cómo vamos de champán.

Y se marchó.

—A mí no me ha parecido menos que nada, pero tan solo soy un anciano. ¿Qué puedo saber?

El tono especulativo de Joshua Reynolds puso en alerta a Luciano. Si el chismorreo que había oído anteriormente era cierto, aquel anciano podía olvidarse de intentar comprarle como marido de su tímida nieta.

Aunque besar a Hope Bishop fuera lo más parecido a hacer el amor con ropa puesta que él había experimentado nunca.

Hope entró en su dormitorio, cerró la puerta de un portazo y echó el cerrojo.

Eran más de las tres de la madrugada y el último invitado por fin se había marchado. Ella se había obligado a permanecer en el salón hasta el final de la fiesta porque su abuelo la había organizado para beneficiarla a ella más que por meros negocios.

Ojalá él no se hubiera molestado en hacerlo. Al menos eso deseaba una parte de ella. Otra parte, la mujer sensual de su interior, se recreaba recordando su primer contacto con la pasión.

Luciano la había besado. Como si quisiera hacerlo. Ella estaba convencida de que había empezado por lástima pero, en algún momento, él se había enganchado de verdad. Ella también lo había hecho, pero eso no era nada nuevo.

Llevaba cinco años deseando besar al magnate siciliano. Había sido una fantasía imposible... hasta aquella noche. Una combinación de casualidades había desembocado en un beso apasionado que dominaría sus sueños de los próximos años.

Se sentó en el borde de la cama y se abrazó a un cojín, recordando su maravilloso sabor, su aroma, lo duro y tremendamente masculino que lo había sentido contra ella...

Y entonces él la había apartado de sí como si tuviera la peste.

Golpeó el cojín sobre su regazo. De acuerdo, tal vez le había avergonzado el ser sorprendido besando apasionadamente a la nieta del anfitrión. Pero tampoco era una tragedia. No para que la apartara con aquel asco de sí. Por más que ella fuera una virgen de veintitrés años que nunca salía con hombres.

Las lágrimas inundaron de nuevo sus ojos. Él la había hecho quedar como una completa idiota. Ella se había visto obligada a sonreír mientras por dentro se encogía ante los comentarios sardónicos de los que había sido objeto durante las tres últimas horas. La gente decía que se había abalanzado sobre él. Incluso unos cuantos invitados se habían ofrecido a continuar donde Luciano lo había dejado.

Su abuelo había permanecido ajeno a todo aquello, haciendo negocios en su despacho tras el brindis oficial por el nuevo año. Y, por lo que a ella respectaba, mejor así.

Luciano, el muy canalla, se había marchado de la fiesta pocos minutos después de haberla rechazado de forma tan humillante.

La euforia de haber sido besada por el hombre a quien siempre había deseado no lograba eclipsar la degradación a la que él la había sometido ante los invitados de su abuelo.

Odiaba a Luciano di Valerio.

Ojalá no volviera a verlo nunca.

–Las acciones no están en venta –anunció Joshua Reynolds.

Luciano lo estudió buscando alguna grieta en su armadura, pero Reynolds era un negociante muy curtido y sus ojos grises no revelaban ni una mota de emoción.

–Le pagaré el doble de lo que le dio a mi tío por ellas.

–No necesito más dinero –afirmó el anciano con rotundidad.

–¿Y qué necesita, caballero? –inquirió Luciano mordiendo el anzuelo.

–Un marido para mi nieta.

–¿Cómo?

Joshua se reclinó en su asiento.

–Voy haciéndome viejo. Quiero asegurarme de que Hope se queda en buenas manos. Esto es, casada.

–No creo que su nieta comparta esa idea.

–Que la comparta es labor suya, señor di Valerio. Esa joven no sabe lo que es mejor para ella. Dedica todo su tiempo a trabajar en el hogar de acogida para mujeres, o en el albergue para animales. Es una defensora de pleitos perdidos aún peor de lo que era su abuela –dijo el anciano sin miramientos–. Si usted quiere esas acciones, tendrá que casarse con ella.

Las acciones en cuestión eran de la empresa de transportes Valerio Shipping, fundada por el bisabuelo de Luciano y heredada de generación en generación. El hecho de que alguien externo a la familia poseyera una significativa cantidad de las acciones, aunque era un engorro, tampoco suponía el fin del mundo.

Luciano se puso en pie.

–Yo no estoy en venta.

–Pero Valerio Shipping sí lo está.

Luciano se detuvo en seco al oír esas palabras. Se giró.

–No lo está. Nunca permitiré que se venda la empresa de mi familia.

Aunque sus intereses en esa compañía representaban una minúscula porción del volumen de sus negocios, su orgullo familiar nunca le permitiría deshacerse de ella.

–No podrá detenerme. Con los poderes de algunos de sus primos lejanos junto con las acciones que he conseguido de aquellos que deseaban venderlas, controlo la compañía lo suficiente como para hacer lo que me venga en gana –amenazó el anciano y lanzó un informe sobre la mesa–. Léalo.

Luciano atravesó la sala y agarró el informe. Lo hojeó de pie, a punto de explotar: era una oferta de Joshua Reynolds para fusionarse con la principal empresa competidora de Valerio Shipping. Y por si eso no fuera suficiente, la otra empresa mantendría su identidad de negocio mientras que Valerio Shipping dejaría de existir como tal.

Luciano tiró el informe sobre el reluciente escritorio.

–Esto no es más que un vil chantaje.

Reynolds se encogió de hombros.

–Llámelo como quiera, pero si desea que Valerio

Shipping siga existiendo bajo ese nombre, usted se casará con mi nieta.

–¿Qué problema tiene ella para que usted recurra a estas tácticas para conseguirle esposo?

El anciano no logró disimular su sorpresa ante la pregunta.

–Ninguno. Tan solo es un poco tímida y demasiado buena, lo admito, pero precisamente por eso será una buena esposa.

«¿De un hombre al que usted chantajea para que se case con ella?», pensó Luciano. Él era conservador en muchos aspectos, pero Joshua Reynolds le hacía parecer vanguardista.

–Usted tiene treinta años, ya no es un jovencito que pueda soñar con el amor eterno. Y es lo bastante adulto como para plantearse una esposa y una familia. No querrá dejar para mucho más adelante el gozo de disfrutar de la vida familiar.

A Luciano no solo le parecía ofensivo que aquel chantajista le aconsejara. Además, Joshua Reynolds era la última persona que podría hablar de las bondades de la vida familiar. Él había pasado la mayor parte de sus más de setenta años ignorando a su propia familia.

–Le estoy ofreciendo un trato muy claro. Lo toma o lo deja –afirmó el anciano con tal rotundidad que no dejaba lugar a dudas sobre su determinación a cumplir sus amenazas.

Luciano apretó los dientes para no abalanzarse sobre aquel hombre. Él nunca perdía el control y no concedería ese beneficio a su adversario.

–Tendré que pensármelo.

–Hágalo mientras pueda. Mi nieta se marchó hace dos semanas a un viaje por Europa en compañía de otras cuatro muchachas, una guía y cinco jóvenes. En su última carta menciona a uno de ellos varias veces, David. Parece que están entablando una fuerte amistad. Si usted quiere que Hope acuda a la cama de matrimonio sin mácula, será mejor que haga algo al respecto cuanto antes.

Hope miró por el visor de su cámara digital último modelo, regalo de su abuelo antes de embarcarse en aquel viaje. Apoyó una rodilla en el suelo mientras buscaba la toma perfecta con el Partenón a lo lejos. La tenue luz del atardecer bañaba la vieja construcción en unas sombras púrpura que ella estaba decidida a recoger con su cámara.

—Va a oscurecer del todo antes de que hagas la foto, Hope. Vamos, cariño, dispara de una vez.

El acento texano de David rompió su concentración y ella se contuvo para no enviarle al garete.

Al fin y al cabo, él había sido muy amable las tres semanas que llevaban de viaje, ofreciéndole su amistad e incluso defendiéndola cuando las circunstancias lo requerían. Ella había congeniado fácilmente con el grupo, aunque una vida entera de timidez no se disipaba de la noche a la mañana. David se había acercado a ella y su confianza en sí mismo, su carácter extrovertido y su sonrisa recurrente le habían hecho bajar sus defensas.

Ella enfocó su cámara, disparó varias fotos y se puso en pie. A pesar de las interrupciones, creía que las fotos resultarían buenas.

—Ya está, terminado —anunció girándose hacia él—. Ya podemos volver al autobús.

–No tenemos obligación de regresar al hotel hasta dentro de veinte minutos –señaló David.

–¿Entonces por qué me metes prisa? –preguntó ella con cierta exasperación.

Los blancos dientes de él brillaron en una tentadora sonrisa.

–Quería tu atención. He pensado que podíamos dar un paseo –dijo él tendiéndole la mano.

Tras dudar unos instantes, ella aceptó. Era su último día en Atenas y el paseo sería una última oportunidad para imbuirse de la atmósfera del Partenón.

David le sujetaba la mano con demasiada fuerza y ella la movió para que la soltara un poco. No estaba acostumbrada al contacto físico en general y había necesitado un tiempo para aceptar la cercanía física de David, por muy joven texano que fuera él. Afortunadamente, él empezó con sus bromas y ambos reían cuando regresaron al autobús quince minutos después balanceando sus manos unidas.

–¡Hope!

Ella se irguió al oír su nombre. La guía de turismo se encontraba de pie junto a la puerta del autobús. Un hombre trajeado de imponente figura se hallaba junto a ella. La oscuridad creciente hacía difícil distinguir sus rasgos y Hope no pudo identificarlo al principio. Sin embargo, en cuanto él se movió, ella supo de quién se trataba.

Nadie se movía como Luciano di Valerio. Le recordaba a un jaguar, astuto macho depredador.

David hizo detenerse a Hope junto a él.

–¿Lo conoces?

–Sí. Es un socio de negocios de mi abuelo –respondió ella sorprendida por su tono agresivo.

–A mí me recuerda más bien un mafioso.

–Bueno, es siciliano –bromeó ella–. Pero es un magnate, no un ladrón.

–¿Acaso hay diferencia? –inquirió David.

Ella no tuvo oportunidad de responder porque Luciano acababa de llegar junto a ellos. Sin acordarse de su deseo de no volver a verle nunca, ella recorrió con mirada hambrienta su rostro: la mandíbula cuadrada, la enigmática expresión de sus ojos castaños, su sensual boca...

–He venido a llevarte a cenar –anunció él sin preámbulos y sin dar opción a protestas.

–¿Qué haces aquí? –inquirió ella, más desconcertada que enfadada.

–Tu abuelo sabía que yo venía a Atenas y me pidió que pasara a ver cómo estabas.

Desilusionada al conocer que él no estaba allí por voluntad propia, no supo qué decir.

–Ella está bien –intervino David.

Eso le recordó a Hope no solo la presencia de su amigo sino también su propia falta de modales.

–Luciano, este es David Holton. David, te presento a Luciano di Valerio.

Ninguno de los dos hombres se mostró amigable con el otro. David miraba a Luciano con reticencia mientras que Luciano observaba las manos entrelazadas de ellos dos con evidente desagrado.

Luego clavó sus ojos oscuros en el rostro de ella con amarga expresión.

–Veo que has escogido la opción dos, después de todo.

Al principio ella no supo a qué se refería, pero luego recordó la conversación que habían mantenido en la biblioteca. La opción uno había sido casarse. La opción dos, tener un amante. Luciano estaba dando a entender que David y ella eran amantes.

Sintiéndose a la vez recelosa y culpable aunque no sabía por qué razón, soltó su mano de la de David.

–No se trata de eso –dijo a la defensiva.

David la fulminó con la mirada, mortalmente ofendido porque se hubiera soltado de él.

–Yo había planeado sacarte a cenar esta noche –dijo.

–Lamento que ese plan tenga que ser pospuesto –intervino Luciano sin un ápice de constricción y miró a Hope–. He informado a tu guía de que te devolveré al hotel esta noche.

–Mi abuelo es muy amable al preocuparse, pero no hay necesidad de que dediques tu tiempo a hacerle un favor innecesario –dijo ella secamente, recordando aún la humillación de Nochevieja.

–Accedí a visitarte por deseo de tu abuelo. Quiero pasar la velada contigo por mí.

Ella no podía creer lo que oía. Seis meses antes, él la había besado hasta hacerle perder la cabeza y luego la había repudiado. Y no había vuelto a dar señales de vida hasta ese momento.

David se interpuso entre Luciano y ella.

–Creí que iríamos a ese restaurante que tanto te gustó el primer día, cariño –dijo en tono acusador, por no mencionar la inflexión tan poco usual que usó al pronunciar «cariño».

Nada podía estar más lejos de la realidad.

–Podrías haber dicho algo antes –le reprochó ella.

–Quería que fuera una sorpresa –se apresuró a contestar él–. No esperaba que un arrogante italiano aparecería y trataría de llevarte con él.

La situación estaba volviéndose más surrealista por momentos. Los hombres nunca se fijaban en ella y de repente había dos peleándose por su compañía.

Se sintió tentada de mandar a Luciano al garete, pero una parte de ella quería hacerle pagar lo mal que la había tratado. Además, sentía curiosidad de saber por qué él quería estar con ella después de haberla rechazado de una forma tan humillante.

Seguramente era una insensatez sucumbir a esa curiosidad o a su deseo de venganza. Tenía la terrible sensación de que su impresionable corazón volvería a latir por él si se permitía el lujo de su compañía.

«¿Y cuándo ha dejado de gustarte? ¿Antes o después de las diez veces al día en que olvidas lo que estabas haciendo al recordar cómo te sentiste cuando él te besó?».

Hope ignoró la voz de su conciencia. Irse con Luciano no sería una acción muy brillante. Por otro lado, le incomodaba la actitud posesiva que David estaba desplegando. Ellos dos no eran más que amigos. Le preocupaba que él se creyera con derecho sobre ella.

Se mordisqueó el labio inferior, dubitativa.

Se sentía presionada entre dos desagradables alternativas, de ninguna de las cuales saldría indemne al final de la noche.

Capítulo 3

NUESTRA reserva es para las ocho. Tenemos que ponernos en marcha, *piccola* mía –dijo Luciano, ignorando completamente a David.

–¿Todos los europeos son así de arrogantes? –le preguntó David a ella.

Ella miró a Luciano por el rabillo del ojo, pero su expresión era impenetrable.

–¿Nos vamos? –inquirió él.

David siseó enfadado.

Aquello resultaba ridículo. Al menos, si se iba con Luciano, esperaba que David captaría el mensaje de que solo quería su amistad. Por más que ella intentara odiar al siciliano, era el único hombre con el que le gustaría tener algo más.

–Lo siento. ¿Cenamos otra noche? –propuso a modo de desagravio.

–No estaremos en Atenas otra noche –le recordó él.

El conductor del autobús avisó de que iban a marcharse.

–Será mejor que te vayas –dijo ella, aliviada de que la confrontación terminara–. Te veo mañana.

–De acuerdo, muñeca.

Inclinándose, la besó fugazmente en los labios y sonrió sugiriendo una intimidad entre ellos que no existía.

Ella se lo quedó mirando atónita. Él nunca la había besado ni siquiera en la mejilla.

—Si no quieres esperar a mañana, puedes acudir a mi habitación esta noche después de que el amigote de tu abuelo te lleve de vuelta.

—Tal vez las chicas con las que sale tu amigo estén acostumbradas a regresar a casa insatisfechas y necesitadas de posterior compañía masculina —comentó Luciano sardónico—. Pero puedo prometerte, bella mía, que esta noche tú no tendrás esa necesidad.

Ella ahogó un grito, perdiendo todo su buen humor y fulminó a los dos hombres con la mirada.

—Ya basta. Ambos. No tengo intención de que nadie me «satisfaga» —afirmó sonrojándose al decir las palabras y enfadándose consigo misma por ello—. Y no me gustan nada estas fanfarronadas masculinas. Se me han quitado las ganas de salir a cenar. Prefiero pedir algo al servicio de habitaciones y comérmelo sola que estar en compañía de ningún hombre arrogante.

Con una mirada triunfal a Luciano, David se apresuró hacia el autobús. Hope hizo ademán de seguirle, decidida a llevar a cabo su amenaza. Había dado un solo paso cuando Luciano la detuvo.

—Debemos hablar de tu lamentable tendencia a marcharte antes de que nuestra conversación haya terminado. No es de buena educación, *piccola*.

Él la acercó a su lado e hizo una seña al conductor de que se marchara.

Ella contempló con ira e impotencia cómo se alejaba el autobús. Las tácticas prepotentes de Luciano la habían dejado sin más opción que quedarse con él. Pero ella no tenía por qué tolerarlo. Se separó de él sin disimular su desprecio.

—Eso ha sido extremadamente descortés. No me gusta que se me manipule ni acepto que te creas con derecho a mandar sobre mis actividades.

Él la miró con el ceño fruncido.

—Tal vez todavía no tenga el derecho, pero tengo una buena razón: deseo pasar un rato contigo, *cara*.

—¿Y mis deseos no cuentan? —replicó ella mientras en su interior se derretía ante aquella confesión.

—Tus deseos me importan mucho pero, ¿de verdad prefieres pedir la cena al servicio de habitaciones antes que pasar la tarde conmigo?

Ella lo único que quería era protegerse.

—Has sido un maleducado. Has dado a entender que nosotros... ¡Como si yo fuera a hacerlo!

Ella no logró pronunciar las palabras y se enfureció: por un lado con él, por insinuar que iba a acostarse con ella y por otro consigo misma, por no poder hablar de sexo sin ruborizarse.

La carcajada de él fue la gota que colmó el vaso. Ella no tenía por qué quedarse ahí aguantando que se riera de ella. Él ya le había hecho sufrir suficiente.

Se dio media vuelta con la intención de encontrar un medio de transporte público que la llevara de regreso al hotel. Él la detuvo de nuevo. Esa vez, la abrazó por la cintura y la atrajo hacia su cuerpo con un propósito implacable. La besó en el cuello en una caricia tan sensual que ella dejó de pensar con claridad.

—Llevo seis largos meses deseando saborearte de nuevo. Perdona si mi entusiasmo por tu compañía me hace actuar sin la debida cortesía.

El entusiasmo no tardaba seis meses en actuar, pero ella estaba demasiado ocupada intentando no derretirse a sus pies como para decírselo.

—¿Luciano? —consiguió articular.

Él la hizo girarse hacia él.

—Pasa la tarde conmigo, *cara*. Sabes que lo deseas.

—David tenía razón. Eres un arrogante.

—También yo tengo razón.

Ella habría protestado, pero él la besó. En cuanto los labios de él rozaron los suyos, ella estuvo perdida. Él era un experto y logró arrancarle una respuesta que ella no pudo ocultar ni controlar. Sabía igual que como ella recordaba: ardiente, masculino.

Cuando él se separó, ella estaba demasiado embelesada como para advertir que él la conducía a algún lugar. Hasta que él no se detuvo junto a una limusina y dio instrucciones a sus siempre presentes guardaespaldas, ella no fue consciente de nuevo de dónde se hallaba.

Cielos, era igual que en la fiesta.

Él podría haberle hecho lo que quisiera y ella se lo habría permitido. Ella había perdido la noción de la realidad mientras que él mantenía el control absoluto.

Intentó convencerse a sí misma de que estaba permitiéndole que la llevara en coche porque no se fiaba de usar el transporte público sola por la noche en un país extranjero. Pero sabía la verdad. Las piernas le temblaban y no quería que él advirtiera ese hecho traicionero.

Una vez dentro del coche, jugueteó nerviosa con su bolso de brillantes girasoles. Lo había comprado llamativo para reconocerlo durante el viaje, pero resultaba fuera de lugar sobre el cuero de la lujosa limusina. Tampoco su vestido amarillo y sus sandalias planas se adecuaban al tipo de restaurantes que él frecuentaba.

—Creo que sería mejor que me llevaras a mi hotel

–dijo ella al tiempo que él le preguntaba si estaba disfrutando de las vacaciones.

Sus miradas se encontraron. Aparentemente, ninguno deseaba comentar el reciente beso.

–No deseo llevarte a tu hotel.

–No estoy vestida para salir a cenar –comentó ella señalando su vestido informal.

–Estás bien.

Ella resopló incrédula.

–¿Adónde vamos, a un puesto de perritos calientes?

–Debes confiar en mí, *piccola*. Yo no te sometería al ridículo –le aseguró él–. Y ahora, ¿quieres contarme, por favor, qué tal están resultando tus vacaciones? Recuerdo que tenías muchas ganas de que llegaran.

Él había cerrado la ventanilla de privacidad entre ellos y el chófer y había encendido unas pequeñas luces a lo largo del techo, iluminando todo con un fulgor sorprendente que resaltaba sus facciones. El genuino interés que reflejaba su expresión animó a Hope a responder.

–Están siendo maravillosas.

–¿Y cuál ha sido tu destino favorito hasta ahora?

Ella no podía creer que a un hombre de mundo como él le interesara de verdad su primera vez en Europa, pero contestó igualmente.

–Me ha encantado cada momento. Tal vez no los aeropuertos, pero David y los demás han convertido las esperas en algo divertido.

Luciano frunció el ceño ante la mención de David.

–Lo vuestro no será algo serio, ¿verdad?

–Y si lo fuera, hoy tú lo has fastidiado todo.

Él no pareció sentirse culpable ni lo más mínimo.

–Él ha insinuado que podías dormir en su habitación esta noche. ¿Te acuestas con él?

–¡Eso no es asunto tuyo!

Él se inclinó sobre ella con su intimidante metro ochenta y cinco de estatura.

–Contéstame.

Ella era tímida, pero no una cobarde, o eso se recordaba a sí misma a menudo.

–No. Y si vas a comportarte como un troglodita toda la velada, será mejor que le digas a tu chófer que me lleve al hotel ahora mismo.

Ella había repetido aquello tantas veces que empezaba a sonarle como un letanía impotente.

Sorprendentemente, él se retiró. Al menos físicamente.

–No soy ningún troglodita, pero admito que la idea de que te acuestes con él no me gusta.

–¿Por qué?

–Estoy seguro de que, después del beso que hemos compartido hace unos minutos, no tienes que preguntarlo.

–¿Estás diciéndome que aplicas el tercer grado a todas las mujeres a las que besas? –cuestionó ella incrédula.

–Tú no eres cualquier mujer.

–No. Soy la irremediablemente introvertida, irremediablemente normal y seguramente irremediable en la cama nieta de tu socio de negocios –dijo ella con un amargo recuerdo–. No veo de qué manera eso me convierte en alguien especial para ti.

–Con ese David no eres introvertida. Estabas riéndote con él y agarrada a su mano –señaló él en tono acusador.

–Es amigo mío.

–Yo también soy amigo tuyo, pero a mí no me agarras de la mano.

–¡Tú no tomarías la mano de una mujer a menos que fuera para llevarla a la cama!

¿Realmente había dicho ella eso?, se preguntó Hope.

–¿Y pretendes decirme que no es ahí donde quería conducirte tu amigo David?

–¡No seas ridículo!

–No es nada ridículo que yo piense así. Él te mira como un hombre con derecho sobre ti.

–La amistad confiere ciertos derechos.

–¿Y la amistad requiere visitas nocturnas a su habitación de hotel?

–Nunca he estado en su habitación por la noche, maldita sea. No soy el tipo de mujer para mantener un breve romance, ¿o acaso te perdiste la descripción de «irremediable en la cama»?

Él la fulminó con la mirada.

–Deja de repetir esas malditas palabras como una letanía. Esa mujer no sabe nada de ti ni de tu pasión. Vas a ser puro fuego en mi cama, de eso estoy seguro.

–¿En tu cama?

Él suspiró.

–No tengo planes de seducirte esta noche, así que puedes relajarte.

–¿Pero sí que planeas seducirme?

Ella se pellizcó el brazo para asegurarse de que aquello no era un extraño sueño. El dolor le indicó que estaba despierta.

–¿Querrías decirme qué restaurante te llamó tanto la atención tu primer día en la ciudad? –inquirió él, ignorando la pregunta de ella.

Hope aceptó aliviada el cambio de tema. Le habló de su visita a la vida nocturna del Psiri, donde había saboreado una comida deliciosa en uno de los pequeños cafés.

—Se parece mucho al Soho, pero me he sentido mucho más cómoda aquí.

Luciano se encogió de hombros.

—Nunca he estado en el Soho y hace bastantes años que no salgo por la noche.

—Supongo que no es fácil hacer cosas normales como beber *ouzo* en un pequeño bar cuando te sigue un batallón de guardaespaldas.

—Sí y también se debe a falta de tiempo. Me he pasado los últimos diez años construyendo mi imperio de negocios. Mi vida social ha estado firmemente encaminada a ese fin.

—Igual que mi abuelo. ¿De eso se trata esta velada? ¿Estás haciéndole un favor a cambio del cual pedirás alguna compensación en los negocios?

Luciano se quedó sospechosamente inmóvil.

—¿Qué te hace preguntar eso?

Esa vez fue ella quien se encogió de hombros.

—No lo sé. Me resulta difícil de creer que te hayas acordado de mí en los últimos seis meses. No has telefoneado ni una vez. Y sé que no soy el tipo de mujer que frecuentas.

Tal vez él socializara por negocios, pero las parejas que elegía para hacerlo siempre eran muy hermosas y sofisticadas. Como la modelo a quien él había ignorado en Nochevieja para besarla a ella. Hope seguía encontrando inexplicable ese hecho. Una de las primeras aventuras de él había sido con una princesa destronada con reputación de vivir al máximo. La última, una conocida modelo italiana que daba un nuevo sentido a la palabra «sensual».

–Tendrás que aceptar que me complace verte.

–¿Y por qué debería hacerlo?

–Porque lo digo yo –respondió él exasperado.

Ella quiso pegarle.

–Di lo que quieras, son tus acciones la que demuestran lo que realmente sientes.

–¿Qué se supone que significa eso?

La llegada a su destino cortó la conversación.

Luciano ayudó a Hope a salir de la limusina. ¿Quién iba a decir que aquella joven tan tímida era una guerrera? Después de cómo había respondido a su beso de Nochevieja, él había estado seguro de que cortejarla sería la parte fácil del trato con Joshua Reynolds. Sin embargo, ella no estaba cayendo rendida a sus pies, agradecida porque él hubiera ido a buscarla. Más bien todo lo contrario.

Subieron al ascensor hacia su ático en Atenas. Ella se mantuvo en silencio y evitó su mirada. ¿Acaso estaría enamorada de ese rubio bufón que la había besado? Desde luego entre ambos había algo. Ella decía que no se acostaban juntos...

A él le enfurecía imaginarse a otro hombre tocando a la mujer que iba a ser suya. El hecho de que ella aún no supiera que eso iba a suceder era la única razón por la cual él no había tumbado al texano, pero pronto, tanto ella como él se enterarían. Entonces, que el rubio se arriesgara a tocarla...

El ascensor se detuvo y ella lo miró por primera vez.

–¿Dónde estamos?

—Este es mi cuartel general en Atenas —respondió él mientras salían.

—A mí me parece más bien un hogar. ¿O intentas decirme que los magnates sicilianos hacen negocios en el salón en lugar de en la sala de juntas?

Él sonrió ante el descaro de ella. No podría soportar una esposa sin chispa. Todavía debía decidir si continuaría con el matrimonio una vez que hubiera hecho negocios con su abuelo. Si ella desconocía las maquinaciones de su abuelo, él no podía incluirla en la *vendetta* y el matrimonio debería mantenerse.

—Mi piso se encuentra en la última planta del edificio Valerio. Mi despacho está una planta más abajo.

—¿Y aquella puerta? —inquirió ella.

—Es un apartamento auxiliar.

—¿No es una vivienda para tus amantes? —preguntó ella enarcando una ceja.

«Demasiado cerca...», pensó él.

—Hoy estás hecha una fiera.

Ella se ruborizó y de nuevo le ocultó su rostro.

Él la había llevado allí esa noche tanto para determinar hasta dónde estaba implicada ella como para cortejarla para que se casara con él. Su reiterada rebeldía apuntaba a que no estaba compinchada con su abuelo. Por otro lado, era una táctica de mujer hacerse la difícil para despertar al cazador en el interior de un hombre, especialmente si era siciliano.

—Creí que ibas a llevarme a cenar a algún sitio. Has dicho que teníamos reserva para las ocho.

—Y así es. Mi chef ha preparado un cena especial que será servida en la terraza. Si llegamos tarde, se echará a perder.

Ella se giró hacia él, recuperada su compostura.

–Qué tragedia –dijo en tono de burla.

–Sí, una gran tragedia.

Ella lo miró llena de confusión.

–¿Por qué haces esto? No puedes tomarte tantas molestias con una cita a la que te has visto obligado.

–Ya te lo he dicho, me apetece. ¿Por qué te resulta tan difícil de creer?

Él no estaba acostumbrado a que cuestionaran su palabra y no le gustaba, especialmente viniendo de ella.

–Tú sales con modelos, mujeres sexys y sofisticadas. Yo no soy tu tipo.

Por alguna razón aquella afirmación irritó a Luciano tremendamente.

–Un hombre debe probar muchos tipos distintos de fruta antes de encontrar el árbol del que desea comer el resto de su vida.

–¿Estás diciéndome que prefieres una manzana a una fruta exótica?

Él se acercó a ella y tomó su rostro entre sus manos.

–Tal vez tú seas el árbol que me satisfaga el resto de mi vida.

Hope se quedó totalmente rígida de la sorpresa. Incluso dejó de respirar unos instantes. ¿Ella, el árbol que podía satisfacerle a él el resto de su vida? Era algo inconcebible, ¿por qué lo había dicho?

–¿Te gustaría refrescarte antes de cenar? –ofreció él separándose.

Tras llenar de oxígeno sus pulmones ansiosos, ella asintió. Lo que fuera con tal de alejarse de aquella presencia que la ponía tan nerviosa.

Él la condujo a una habitación de invitados y, desde la puerta, le indicó un cuarto de baño en su interior. Ella se detuvo en la puerta sin mirarlo.

—Por favor, no juegues conmigo, Luciano. A mí no me va eso.

Ella no quería volver a resultar herida como en Nochevieja. No quería ser una fruta más para el paladar saturado de él.

Luciano hizo que se volviera hacia él. Ella lo miró a los ojos muy seria. Él acercó un dedo a los labios de ella y ella se estremeció.

—No estoy jugando, *cara* mía.

Ella se moría de ganas de creerlo, pero el recuerdo de Nochevieja aún estaba demasiado reciente.

—¿Por qué después de besarme en Nochevieja me apartaste como si tuviera la peste?

Las palabras le salieron con todo el dolor y rechazo que había sentido aquella noche seis meses atrás.

—Yo no hice eso —afirmó él ofendido—. Tal vez te solté un poco demasiado deprisa. No quería avergonzarte con mayor intimidad.

La ironía de aquella excusa era demasiado grande.

—¿Y para evitar avergonzarme preferiste humillarme? —inquirió ella dolida.

—Besar a Luciano di Valerio no es ninguna humillación.

—¡Pero ser rechazada en público por ti sí lo fue!

Capítulo 4

LUCIANO apretó la mandíbula.

—Explícate.

Hope estaba deseando hacerlo.

—Durante tres horas fui el objeto del sarcasmo de los asistentes: que si me había abalanzado sobre ti, que si estaba desesperada...

Las crueles voces todavía resonaban en su cabeza y el dolor le rasgó el corazón de nuevo.

—Eso no puede ser cierto. Fui yo quien te besó. ¡Hasta ignoré a la rubia por ti!

—La modelo, sí. La que luego no dejaba de repetir que yo la había empujado para llegar hasta ti.

—¿Cómo se llama? —inquirió él en un tono tan gélido que sorprendió a Hope.

—¿Y eso qué más da? Solo espero no volver a verla nunca. Ojalá nunca tuviera que volver a ver a ninguna de esas personas.

Imposible, dado que muchas de ellas mantenían negocios con su abuelo y ella a menudo debía actuar como anfitriona en sus eventos.

—¿Sabes cuántos invitados se ofrecieron a continuar donde tú lo habías dejado? —le preguntó irritada—. Y además estrictamente como un acto de caridad.

Como si ningún hombre pudiera desearla por sí misma. Bueno, David la deseaba. Le había ofrecido acudir a su habitación esa noche. Tal vez debería hacerlo. Al menos él no pensaría que estaba haciéndole un favor a ella.

Luciano maldijo en italiano.

–Quiero los nombres de esos tipos –anunció cada vez más enfadado–. Ellos te insultaron.

–Tú también.

–Dame sus nombres.

Él ignoraba completamente su propia culpa, pero su voz indicaba que no ignoraría el insulto de los demás hacia ella. ¿Por qué estaba tomándoselo tan personal?

–No intentes darme órdenes, Luciano.

Habría sonado mucho más convincente si no le hubiera temblado la voz al decir su nombre, pero él se le había acercado demasiado y ella se sentía más intimidada de lo que le gustaría.

–Soy un hombre dominante por naturaleza, pregúntale a mi hermana. Tendrás que acostumbrarte a ello, *cara*.

–No lo creo.

–Quiero los nombres de los que te hicieron esos comentarios desafortunados.

Ella suspiró y se los dio. Uno de aquellos hombres incluso la había acorralado en el pasillo y besado. Ella, asqueada, le había golpeado en la entrepierna con la rodilla, dejándole retorcido y maldiciéndola.

–Créeme, no pretendía que sucediera algo así –afirmó él.

Al menos de eso estaba segura ella, la furia de él era demasiado auténtica.

–De todas formas, sería mucho mejor que me dejaras en paz. Sé que soy introvertida y que mi aspecto no llama la atención pero tengo sentimientos y no quiero volver a sufrir.

Él era el único hombre con capacidad para herirla. Los otros le habían generado vergüenza, pero el rechazo de Luciano le había destrozado el corazón.

–Yo no te hice daño.

¿Cómo se atrevía él a decir eso?

–¡Me apartaste como si tuviera la peste, luego te marchaste y no regresaste! No soy tan tonta como para creer en cuentos de hadas de que tal vez podría ser alguien especial para ti.

Él esbozó una sonrisa encantadora.

–¿Así que me ves como el príncipe azul y a ti como la rana? Te aseguro que estoy más que deseoso de besarte y convertirte en princesa.

Aquella burla fue demasiado. Hope sintió que las lágrimas le quemaban en los ojos, pero no quería llorar delante de él.

–Déjame en paz, Luciano. Solo te pido eso.

Se dio media vuelta y aquella vez sí logró escapar. Se metió en el cuarto de baño y cerró de un portazo... para descubrir al momento que no había cerrojo.

Miró alrededor desesperada, pero no tenía escapatoria. Clavó la mirada en el pomo deseando que permaneciera inmóvil, pero no fue así. La puerta se abrió y Luciano llenó por completo el quicio, estudiándola intensamente con la mirada.

–No me has entendido, bella. Era una broma. Mala, pero broma al fin y al cabo.

–Márchate –dijo ella casi sollozando–. Quiero refrescarme.

Él negó con la cabeza.

–No puedo dejarte así de alterada.

–¿Por qué no? Ya lo hiciste hace seis meses.

–Pero entonces yo no lo sabía.

–¿Estás diciéndome que, de haberlo sabido, te habrías quedado junto a mí? ¿Que no me habrías rechazado en público ni tratado como si el beso no significara nada para ti?

Él tensó su rostro de frustración, pero no contestó. Tal vez porque una respuesta sincera le condenaría aún más.

Alargó un brazo y la atrajo hacia sí.

–Eso pertenece al pasado. Esto es el presente. Empecemos desde aquí, *cara*.

Ella odió a su traicionero cuerpo que ansiaba fundirse con el de él.

–Yo no puedo seguir tu ritmo –le aseguró ella, tristemente consciente de que era cierto–. Soy más bien para alguien como David.

–Eres para mí –dijo él con una intensidad letal y la besó apasionadamente.

Ella creía que el beso de Nochevieja había sido ardiente, pero aquel lo superaba. Luciano estaba marcándola como una res. No había otra forma de describir la manera en que sus labios y su lengua se movían en su boca demasiado receptiva. Él sabía igual y al mismo tiempo diferente.

Él la sujetó por la cintura y la elevó, apretándola contra su cuerpo de forma que su erección rozó la feminidad más sensible de ella a través de las capas de ropa.

Ella no había conocido nada tan íntimo en su vida.

Intentó poner distancia entre ambos, pero los pies no le llegaban al suelo. Él la sujetaba con demasiada fuerza como para poder soltarse y sus esfuerzos al respecto solo acrecentaron las extrañas sensaciones en la unión de sus muslos.

Él aumentó la intimidad del beso y ella se derritió, igual que la vez anterior. Sin embargo, en esa ocasión, ninguna voz los interrumpió y Luciano no se apartó. La urgencia de su beso crecía al tiempo que la pasión en ella.

Ella sintió de pronto la mano de él en su muslo, debajo de su vestido. ¿Cómo había llegado hasta allí? Debía protestar, pero eso supondría interrumpir el beso. Además, le gustaba sentir su mano sobre su piel. Dedos sabios recorrieron su muslo desnudo hasta llegar a los glúteos. Entonces la boca de él absorbió el grito de asombro de ella.

Sentimientos tan intensos que la asustaban invadieron cada uno de sus nervios.

Ansiaba tocarlo. Ansiaba más caricias de él. Perdió todo instinto de supervivencia ante aquel placer devorador y recorrió con sus manos el rostro de él, sus hombros, su cuello, todos los lugares a los que podía acceder al estar abrazada por él.

Él gimió y se apoyó sobre el tocador. Hizo que ella entreabriera las piernas y apretara su centro más íntimo contra su miembro endurecido. Y de pronto la mano de él se deslizó bajo sus bragas y comenzó a acariciarle los glúteos.

Ella se estremeció. Nunca había sentido tanto calor en su vida.

La mano experta descendió hasta encontrar la zona más íntima de ella. Esa vez ni siquiera la boca de él pudo sofocar el grito de asombro ante el contacto.

Sentir un dedo sobre aquella parte que no había conocido las caricias de nadie sacó a Hope del hechizo en el que se había sumergido. Se revolvió intentando liberarse de aquella caricia tan íntima, pero eso provocó una fricción inesperada y maravillosa entre la carne excitada de él y su centro más delicado.

El enorme cuerpo de él se estremeció.

Ella apartó su boca de la de él.

—¡Luciano, por favor!

Él dijo algo en italiano y comenzó a besarla en el cuello, usando su lengua y sus dientes de una forma tan erótica que ella se retorció aún más, pero de placer.

Él elevó la cabeza y sus ojos castaños la abrasaron de sensualidad.

—Me perteneces, bella mía. Admítelo.

Ella no podía negar una verdad que conservaba en su corazón desde que tenía dieciocho años.

—Sí, Luciano.

Él la besó aún más apasionadamente.

Aquello continuó y ella perdió todo contacto con la realidad. Solo podía sentir el cuerpo de él bajo el suyo. Solo podía saborear su boca, oler su aroma, oír los corazones de ambos latiendo al unísono.

Él gimió y separó su boca de la de ella como si acabara de perder el cielo a meros centímetros de alcanzarlo. Ella apoyó la cabeza en el cuello de él, incapaz de sostenerla.

Un instante después se oyó una discreta tos desde la puerta.

—*Signor di Valerio. É la vostra madre.*

Él maldijo en italiano.

—Debo contestar al teléfono, *piccola* mía —dijo él retirando la mano del íntimo contacto con ella como si lamentara hacerlo.

Ella intentó asentir, todavía demasiado excitada para

hablar. Hundió su rostro en el pecho de él hasta que él se apartó suavemente. Ella clavó la vista en el suelo. ¿Cómo podía haber cometido el mismo error dos veces? No solo le había permitido que la besara, además había respondido con las ansias de una mujer acostumbrada a compartir su cuerpo con hombres. Ni siquiera sabía que era capaz de tal abandono a nivel físico. Aquello la asustaba y avergonzaba al mismo tiempo.

–Mírame, Hope. No tienes nada por lo que sentirte culpable.

Ella negó con la cabeza, incapaz de levantar la vista del suelo

–Eso lo dirás tú, que probablemente has seducido a suficientes mujeres como para poblar un pequeño pueblo.

La carcajada de él hizo que ella elevara como un relámpago la cabeza. Lo fulminó con la mirada.

–No te rías de mí, Luciano di Valerio.

Él hizo un gesto de rendición.

–No soy el granuja que crees y no estaba intentando seducirte –le aseguró él, sujetándole el cabello tras la oreja con tanta ternura que a ella se le derritió el corazón–. Me perteneces como ninguna otra mujer lo ha hecho. No lamentes la pasión que el buen Dios nos ha entregado como un don.

Él no podía hablar en serio: estaba implicando una relación especial. Después de Nochevieja y de la facilidad con la que él la había abandonado, ella no podía permitirse hacerse ilusiones. Necesitaba tiempo para recomponer sus defensas.

–El teléfono, no debes hacer esperar a tu madre.

Él pareció ir a decir algo importante, pero solo añadió:

—Estaré contigo en cuanto pueda.

Y salió de la habitación.

Hope dispuso de los artículos de tocador que había en el cuarto de baño e intentó ignorar el hecho de que seguramente estaban allí para que los usaran las «amigas» de él. Como ella. Él había dicho que ella era diferente, ¿hasta qué punto podía creerlo? Su única diferencia radicaba en que ella era virgen, concluyó, sin duda una experiencia poco habitual para un hombre que salía con mujeres tan sofisticadas.

Luciano se detuvo a pocos metros de la terraza, donde Hope esperaba en el jardín rodeada de plantas y flores nocturnas: bañada por la luz de unas pequeñas bombillas, parecía un hada.

Algo salvaje se revolvió en su interior al pensar que ella podía desaparecer de su vida como esa criatura fantástica, dejándole nada más que una erección insatisfecha. Si él se había visto abrumado con la deliciosa respuesta de ella en Nochevieja, estaba anonadado por la poderosa llama que había sostenido entre sus brazos esa noche.

La deseaba.

Ella también lo deseaba, pero no confiaba en él. No después de lo que había sucedido al marcharse él de la fiesta de Nochevieja. Aquella rubia lamentaría haber mentido. Luciano di Valerio no toleraba eso. Y además Hope ya era suya y él protegía lo suyo.

Apretó los puños al pensar en enfrentarse a los dos hombres que se habían propasado con ella. Se arrepentirían de haber tratado a una criatura tan tímida con tanta falta de respeto.

Su orgullo todavía se resistía a someterse al chantaje del abuelo, pero Luciano no podía negar que estaba en deuda con Hope por la humillación a la que se había visto sometida por su culpa. Casarse con ella equilibraría la balanza, algo muy importante para él. Y además, el sexo en su matrimonio sería satisfactorio.

De pronto deseó llevarla a la cama y terminar lo que había empezado antes.

Hope sintió un cosquilleo en la nuca y se giró. Luciano se encontraba unos metros por detrás de ella con una mirada ardiente. Toda la compostura y el autocontrol que ella había logrado reunir en ausencia de él se disipó de un plumazo.

—Siento haberte dejado sola tanto tiempo —se disculpó él acercándose con su impecable traje a medida moldeando sus musculosas piernas.

¿Aquel hombre vestiría pantalones vaqueros alguna vez? Seguramente no, y casi mejor: sería demasiado para ella verle abrazado por ese tejido.

—No te preocupes, estaba disfrutando de las vistas, son increíbles.

La terraza de Luciano ocupaba la azotea del edificio Valerio y estaba convertida en un jardín elevado sobre las calles de Atenas. Nada más contemplar las vistas ella se había alegrado de encontrarse allí, pasando su última noche en Grecia en un entorno tan mágico.

Él se sentó frente a ella en la mesa y al momento un discreto camarero le sirvió una copa. Momentos después les llevaban el primer plato. Cuando se encontraban por el plato principal, una *moussaka* sin carne, ella cayó en la cuenta de que toda la cena estaba siendo vegetariana.

—Te has acordado de que prefiero no comer carne —señaló ella abrumada.

Su abuelo, con el que llevaba viviendo desde los cinco años, todavía no recordaba ese dato. Además, en el caso de que lo hubiera recordado, no lo habría respetado.

—No es para tanto —dijo él encogiéndose de hombros—. Cuéntame, ¿te importa que otros en la mesa la coman?

—No, pero aparto la vista de sus platos —respondió ella.

La conversación fluyó, con Luciano preguntándole acerca de la vida en Boston y contándole sobre su vida en Sicilia.

—¿Y qué estás haciendo en Atenas? ¿O es alto secreto?

—Viajo a menudo a mi cuartel general aquí y en otros lugares.

Estaba tan entregado a su trabajo como su abuelo, pensó ella.

—¿Alguna vez te relajas?

La sonrisa de él le hizo estremecerse.

—Ahora estoy relajándome.

—Pero incluso esto está motivado por tus intereses de negocios.

—Te aseguro que los negocios no han sido mi prioridad desde que te vi camino del autobús de la mano de tu acompañante y riéndote con él —indicó él con voz de acero.

Ella no quería volver a discutir así que cambió de tema.

–¿Cómo está tu madre? Tu hermana ahora tiene veinte años, ¿verdad? ¿Sale con alguien?

Por unos instantes él pareció desconcertado.

–Sabes mucho sobre mí.

–Es algo inevitable tras cinco años de tratarnos.

O más bien de ella estar enamorada, pensó Hope con tristeza.

–Mi madre está bien. Presionándome para que me case cuanto antes.

A ella le invadió un ilógico sentimiento de pérdida ante aquellas palabras. Ilógico porque no se podía perder lo que nunca se había tenido. Él haría caso a su madre, ella estaba segura de eso. A los treinta años, Luciano ya estaba en la edad de empezar a tener hijos. La idea de que otra mujer pudiera ser la madre de sus hijos acabó con el poco apetito que le quedaba.

–¿Y tu hermana? –inquirió apartando su plato a medio terminar.

–Martina está disfrutando la universidad demasiado como para permitir que un solo hombre acapare todo su interés –explicó él con una cálida indulgencia.

–Le permitiste que acuda a la universidad en Estados Unidos, ¿verdad?

Ella recordaba haber comentado con él las ventajas de diferentes universidades un par de años atrás en una de las cenas ofrecidas por su abuelo.

–Sí, está disfrutándolo mucho. A mi madre le preocupa que no quiera regresar a la vida tradicional de Sicilia. Y lo comprendo. Mi madre no se ha puesto pantalones nunca en su vida.

Hope no supo qué decir. Su madre había fallecido cuando ella era muy pequeña.

–Si cn el pueblo donde yo crecí te vieran de la mano

de tu rubio amiguito, todos esperarían que anunciarais vuestro compromiso de boda.

¿Por qué él seguía insistiendo en eso? Había sido algo totalmente inocente, al contrario que el beso que habían compartido Luciano y ella hacía pocas horas.

—David es de Texas —comenzó ella—. Es muy afectuoso, pero no quiere decir nada con ello.

Él enarcó las cejas burlón.

—Por eso te ha invitado a su habitación... —señaló él volviendo a parecer peligroso.

—Nunca lo había hecho. Tan solo estaba reaccionando a tu reclamo sobre mí. Supongo que es cosa de hombres.

—¿Realmente eres tan ingenua que no te das cuenta de que ese hombre te desea?

Así que ella le parecía una tonta. Tenía que serlo para haberse permitido a sí misma disfrutar de los besos y la conversación de él cuando él tenía tan pobre opinión sobre ella.

—Si ya has terminado de insultarme, me gustaría regresar a mi hotel.

—Todavía no hemos tomado el postre.

—No tengo hambre —dijo ella señalando su plato medio vacío—. Y mañana tenemos que madrugar.

—¿No será que deseas regresar para encontrarte con David? —cuestionó él, sorprendentemente celoso.

—Ya te lo he dicho, no tengo intención de compartir habitación con David esta noche —afirmó ella con los dientes apretados—. Y, si lo hiciera, no sería asunto tuyo.

—¿Cómo puedes decir eso después de la manera en que has permitido que te tocara no hace ni una hora? —preguntó él furioso.

Él estaba comportándose como un niño arrogante

acostumbrado a salirse siempre con la suya: la había besado y ahora le pedía cuentas por ello.

—Yo no te he permitido que me tocaras, lo has hecho sin más.

—No has protestado —señaló él ofendido—. Me has acompañado todo el camino.

Las mejillas le ardieron a Hope al recordarlo.

—Un caballero no me lo restregaría en la cara.

—Una dama no iría de los brazos de un hombre a la cama de otro.

Ella saltó de su asiento tan furiosa que apenas podía hablar.

—¿Estás llamándome mujerzuela porque te he permitido besarme?

Él se puso en pie, sacándole muchas cabezas.

—Lo que digo es que no voy a tolerar que regreses junto a David ahora que me perteneces.

—¡No te pertenezco!

—Por supuesto que sí. Y te quedarás aquí conmigo.

Capítulo 5

ELLA no podía creerse lo que estaba oyendo. Sabía de la vena posesiva en el temperamento italiano, pero que Luciano dijera que ella le pertenecía tan solo porque le había besado era ridículo e inconsistente.

–Entonces, ¿por qué hace seis meses te marchaste y no regresaste? Yo te lo diré: porque esos besos no significaron nada para ti. Te parecieron agradables, pero no lo suficiente como para adquirir el lote completo.

–¿Esperabas una boda después de un solo beso? –se burló él.

–Yo no he dicho eso. Eres tú quien ha dicho que yo te pertenezco después de un beso sin importancia.

–Nada de sin importancia. Podría haberte poseído y tú no habrías ni protestado.

Ella deseó gritar. El asombroso engreimiento de él resultaba ofensivo.

–Sin duda tus habilidades de seducción son estelares pero, ¿eso qué importa? Con mi limitada experiencia en ese campo, cualquier hombre con un conocimiento medianamente decente de las reacciones de una mujer podría haberme afectado tanto como tú.

–¿Eso crees? –dijo él taladrándola con la mirada–. ¿Tal vez pretendes experimentar con ese amigo tuyo, David?

Era precisa una retirada táctica.

—No. No quiero experimentar con nadie, incluido tú.

Aquellas palabras no parecieron apaciguarlo. Ella decidió cambiar de tema.

—Solo intento dejar claro que haberme besado no te concede ningún derecho sobre mí. Si todas las mujeres a las que has besado te pertenecieran, tendrías un harén más grande que cualquier príncipe árabe de la Historia.

A él pareció agradarle esa constatación de su masculinidad. Su rostro se relajó.

—Eres diferente al resto de mujeres que he conocido.

Ella recordó todas las bellezas con las que él había sido fotografiado, dando mucho que hablar a revistas del corazón. Sintió un vacío en el corazón y eso contribuyó a su determinación de negarle cualquier intento de posesión sobre ella.

—Solo que a mí no me has «conocido» y yo no te pertenezco.

—Esa grosería no es muy agradable.

Ella no podía negarlo. Ser grosera no era su estilo y seguramente después se moriría de vergüenza, pero en aquel momento estaba defendiéndose del efecto que él tenía sobre ella.

—Tampoco lo es tu actitud de perro del hortelano.

—¿Y qué tiene que ver un perro en todo esto?

Hope se lo quedó mirando y de pronto soltó una carcajada. Allí estaba ella, discutiendo con Don Perfecto de que él no tenía ningún control sobre ella cuando en realidad se moría de ganas de ser suya. Estaba loca, pero él también.

–¿Te parezco divertido? –inquirió él poco contento con la idea.

Ella recurrió a todo su autocontrol y aplacó su risa, que había adquirido un matiz algo histérico.

–No se trata de ti, sino de la situación. ¿No crees que es gracioso que estés reclamando unos derechos sobre mí que en realidad no deseas?

–Si los reclamo es porque los deseo –afirmó él con arrogancia.

A ella le abandonó el buen humor mientras asimilaba las palabras que acababa de oír. Él no podía referirse a lo que ella tanto deseaba.

–Esto no tiene que ver conmigo, sino con David y tu reacción ante él. Os habéis comportado como dos perros peleando por un hueso. Ahora tú estás intentando enterrar el hueso, no porque realmente lo quieras, sino porque no quieres que él lo tenga. Pues yo no voy a quedarme bajo tierra solo para complacer tu necesidad de superioridad masculina.

Ella había pasado la mayor parte de su vida relegada por su abuelo y ya estaba harta, se dio cuenta en aquel momento. Quería ocuparse de su vida y lo que iba a hacer con ella.

La respuesta era sencilla: vivirla. A su manera. Empezando desde aquel momento.

–Voy a regresar a mi hotel. Puedes hacer que me lleve tu chófer o puedo llamar a un taxi, pero deseo marcharme.

Debió de resultar muy convincente porque, aunque apretó la mandíbula, él asintió.

–Te llevaré de vuelta a tu hotel.

–No es necesario que me acompañes.

–Claro que sí –gruñó él.

Dado que había logrado salirse con la suya al menos en parte, ella decidió no seguir discutiendo. Si él quería perder su tiempo en acompañarla, adelante. También estaba harta de proteger a todo el mundo, salvo a ella misma, de ser utilizado.

El viaje de regreso al hotel transcurrió en silencio. Luciano estaba demasiado enfadado para hablar sin que se le notara y de ninguna manera iba a permitir que ella supiera el profundo efecto que tenía sobre él. Tal vez ella fuera tímida, incluso ingenua a nivel sexual. Pero seguía siendo una mujer, y las emociones eran las armas maestras de las mujeres.

No podía creerse el giro que había dado la velada. Él había creído que, después del beso, ella se sometería a él. La afirmación de que ella no le pertenecía le había desconcertado y enfurecido. Debía repensar su estrategia. El límite de tiempo que el abuelo de ella había fijado estaba próximo a agotarse. Necesitaba que ella accediera a casarse cuanto antes para tener el tiempo suficiente de planificar una boda al estilo siciliano. Otra cosa destrozaría a su madre.

Hope se bajó del coche en cuanto este se detuvo. Luciano la siguió. Ella se giró y se sorprendió al verle detrás de ella. No se libraría de él tan fácilmente.

–Gracias por una velada muy interesante. La comida estaba deliciosa y podrías cobrar por las vistas desde tu terraza –dijo ella.

No mencionó nada de la compañía y él, a pesar de su enfado, casi sonrió ante aquel carácter.

La atrajo hacia sí y notó que ella se tensaba.

–Te llevaré a tu habitación –anunció él.

–No voy a discutir porque no va a servirme de nada decirte que prefiero ir sola.

Él sonrió con ironía.

–Tú lo has dicho.

–Desde luego, un troglodita no tendría nada que envidiarte.

–La buena educación es señal de civilización, no de falta de la misma.

Ella resopló desdeñosamente.

Él la condujo al ascensor casi agradeciendo no cruzarse con otros huéspedes por el camino. Había ordenado a su equipo de guardaespaldas que esperaran fuera para que nadie fuera testigo de la evidente irritación de ella.

El viaje hasta la planta cuarta transcurrió en silencio. Conforme se dirigían a la habitación de ella, otra puerta se abrió: David el texano estaba espiándoles, advirtió Luciano. Tal vez Hope no aceptara aún que era suya, se dijo, pero él se aseguraría de que a David le quedaba muy claro.

Hizo que Hope se detuviera antes de abrir la puerta y la giró hacia sí.

–Buenas noches –dijo ella acelerando la despedida.

–*Buona notte* –respondió él inclinándose sobre ella.

Vio que ella lo miraba boquiabierta y, antes de que pudiera protestar, la besó. Qué rápido había aprendido a echarla de menos.

Ella intentó separarse, pero él la agarró por los glúteos y la apretó contra sí. Y vio cómo ella cerraba los ojos, rindiéndose a él. Oyó una voz de acento texano maldiciendo y un portazo. Y siguió besándola hasta que ella se le entregó completamente. Entonces se sintió tentado de empujarla a su habitación y hacerle el amor hasta que ella accediera a casarse con él. Sin embargo, sabía que, después, ella se sentiría avergonzada de haberse dejado ganar de aquella manera.

Él no quería hacerle daño. Ella no era parte de la estratagema de su abuelo, estaba seguro. La trataría con el respeto que merecía la futura madre de sus hijos.

Era lo más difícil que había hecho desde el entierro de su padre, pero él se separó de ella con suavidad.

Ella abrió los ojos.

–¿Qué...?

Él sonrió y posó un dedo sobre los labios de ella.

–Eres mía. Tu cuerpo lo sabe y pronto tu mente lo aceptará también.

–¿Y qué me dices de mi corazón? –susurró ella embelesada.

–Toda mujer debe amar a su esposo.

Ella lo miró atónita.

–¿Esposo?

Era el momento perfecto para una retirada estratégica.

–Sí, esposo. Piénsalo, tesoro –dijo él y esperó a oírle echar el cerrojo antes de marcharse.

Al pasar por delante de la puerta que se había abierto momentos antes, Luciano pensó que no estarían de más unas palabras con el joven David.

«Piénsalo».

Hope cerró su maleta con una fuerza desmedida.

El muy canalla. Ella había pasado toda la noche repitiéndoselo.

Él la había besado hasta hacerle perder la compostura que tanto le había costado recuperar. Luego la había apartado de sí y se había ido, no sin antes anunciarle que pretendía casarse con ella. En realidad, él no había dicho eso, sino que una esposa debía amar a su marido. Pero dado que antes habían estado hablando de ellos dos, ella había asumido que él la quería como esposa.

¿Y si no era así? ¿Y si él lo había dicho en broma y ella estaba inventándose sentimientos donde no los había?

Pero ella juraría que él no estaba bromeando. ¿Y si había hablado en serio? Luciano di Valerio, su marido. Casi se mareó de pensarlo. ¿Podría ella sobrevivir a un matrimonio tan demoledor? Había decidido que no quería seguir viviendo en la sombra, pero aquello suponía exponerse al sol más ardiente.

Llevaba cinco años soñando con Luciano como una escapatoria a su soledad, pero nunca había creído que sus sueños podrían hacerse realidad.

Luciano en carne y hueso era un peligro, se lo había demostrado cada vez que la había besado. Ella se perdía por completo cuando se besaban. O se encontraba. De cualquier manera, los sentimientos que él despertaba en ella la aterraban.

Él había aceptado que su hermana estudiara en Estados Unidos, pero seguía siendo un hombre siciliano muy tradicional en muchas cosas, por ejemplo en su reacción al verla agarrada de la mano de David. Mientras que ella era una mujer moderna, aunque un poco introvertida. ¿Cómo podría funcionar un matrimonio entre ellos? Ella era demasiado independiente para aceptar el rol tradicional de esposa siciliana. Él era demasiado dominante para no interferir en su vida en formas que sin duda la enfurecerían.

Era una locura.

Ella sacó la maleta al pasillo para que el mozo la subiera al autobús.

Plantearse el matrimonio con Luciano era perder el tiempo. Seguramente él ya estaba lamentando los besos que habían compartido y las insinuaciones que le había hecho.

Hope entró en el comedor y, al ver a David en una mesa junto a la ventana, se aproximó a él. Llevaban desayunando juntos desde el segundo día de su viaje, a veces los dos solos y otras junto a más compañeros de viaje. Aquella mañana él se hallaba solo en una mesa para cuatro.

Ella se sentó frente a él.

—Buenos días.

Él levantó la vista de su periódico y la miró con expresión insondable.

—¿Lo son?

Seguía molesto porque ella había elegido irse con Luciano en lugar de con él la noche anterior, supuso Hope.

—¿Fuiste a Psiri al final? —inquirió con una sonrisa tímida.

—¿Qué más te da eso?

Ella dio un respingo ante la agresividad de él.

—Creo que voy a pedir el desayuno —anunció e hizo una seña al camarero.

—¿Estás segura de que quieres hacerlo? Tal vez tu novio se ofenda porque desayunes conmigo.

—No tengo novio.

—Eso no era lo que parecía anoche.

Ella suspiró.

—Siento que te molestara que no cenara contigo, pero no deberías haber dado por supuesto que podías disponer de mi tiempo.

—Eso me quedó muy claro ayer.

Al menos la escena del día anterior había tenido un efecto positivo. Hope sonrió.

—No pasa nada.

—Para ti no. Debe de ser muy agradable que dos hombres se peleen por ganar tu atención pero, personalmente, me pareció una estratagema infantil.

—¿De qué hablas?

—Deberías haberme dicho que eras de otro hombre. Me permitiste creer que no tenías ataduras.

—Y no las tengo. Además, estamos en el siglo XXI, por todos los santos. Yo no pertenezco a nadie más que a mí misma, muchas gracias.

David resopló.

—Eso no es lo que dice tu novio italiano.

—¡No es mi novio! —exclamó ella con los dientes apretados.

—Claro. Por eso te fuiste con él anoche en lugar de conmigo.

Ella no iba a admitir que había sido prácticamente secuestrada después de anunciar que prefería cenar sola.

—¿Insinúas que el hecho de cenar con un hombre le convierte en mi novio?

Él era más anticuado aún que Luciano.

—Fue mucho más que una cena según lo que vi yo. Estaba en mi habitación cuando regresaste al hotel anoche. Le vi besarte. Después él vino a mi habitación y me dejó muy claro a quién perteneces —explicó él enfadado y con el orgullo herido.

–Él no tenía ningún derecho a hacer eso.

¿Y por qué lo había hecho? ¿Por qué se mostraba tan posesivo con ella?

David entrecerró los ojos.

–Él tenía sus manos en tus glúteos y su lengua en tu esófago. Si no es tu novio, ¿en qué te convierte eso a ti? –dijo él dejando el periódico sobre la mesa y poniéndose en pie.

Ella lo vio alejarse apenada y enfadada a la vez. Hasta entonces David había sido una compañía afable, y le dolía que deseara romper su amistad tan fácilmente, pero su insinuación de que ella no tenía moral era inaceptable. Precisamente porque ella vivía a destiempo, una virgen en un mundo de glotonería sexual, por todos los demonios. ¡Ella no se acostaba con cualquiera!

¿Tendría razón Luciano respecto a las auténticas intenciones de David? Porque el joven no había reaccionado como un simple amigo. Y no sería la primera relación de ese tipo en aquel grupo viajero. Tan solo ella no se habría creído nunca una posible candidata. No estaba acostumbrada a que ningún hombre la deseara.

Seguramente David estaba molesto por haber quedado por detrás de Luciano, no por haberla perdido a ella.

Sin embargo, el hecho de que Luciano di Valerio deseara casarse con ella seguía sin cuadrarle.

Iba a suponerle unas cuantas noches de insomnio.

Hope se levantó de mal humor y con mal cuerpo el día de la visita a Pompeya. Era su quinto día en Italia y, desde el día en que Luciano la había ido a buscar en

Grecia, no había vuelto a aparecer. Él era multimillonario, poseía un helicóptero y un avión privado. Si deseara verla, como había asegurado, ¿no habría usado alguno de ellos para acercarse a su tierra natal?

Para cuando llegaron a Roma, a David se le había pasado el enfado y se disculpó por sus acusaciones. Hope y él habían retomado su amistad y recorrieron el Vaticano juntos. Aunque su relación ya no era tan espontánea como al principio. Ella evitaba que él la tocara, por si Luciano tuviera razón. Tal vez al haberlo permitido le había hecho creer a David que deseaba algo más que su amistad.

Entró en el comedor bostezando. Si no conseguía dormir mejor pronto, tendría un problema. Sus sueños estaban dominados por un hombre siciliano y, cuando estaba despierta, le atormentaban los comentarios de él acerca de su boda.

—Estás cansada, tesoro. Tal vez este viaje no sea tan bueno para ti —dijo una voz grave.

Ella se giró.

—Luciano, ¿qué haces aquí?

No lo había saludado, pero se excusó a sí misma por el cansancio acumulado y la sorpresa de encontrárselo justo cuando estaba pensando en él.

—¿Acaso te sorprende verme?

—Pues sí. Ha pasado casi una semana.

Él enarcó una ceja burlón.

—¿Esperabas que apareciera antes de eso?

—No. Bueno...

Ella no quería mentir, pero tampoco iba a ponérselo todo fácil.

—He tenido que viajar a Nueva York por una emergencia de negocios.

–Podrías haber llamado. El abuelo tiene mi número de teléfono móvil.

–No se me ocurrió –admitió él apesadumbrado.

Ella esbozó una sonrisa.

–No te preocupes. ¿Por qué has venido hoy?

–Quisiera acompañarte por Pompeya.

–Me encantaría.

Cinco días habían sido tiempo suficiente para darse cuenta de que, si Luciano deseaba una relación con ella, ella sería una grandísima tonta si se negaba.

Un amor que había aguantado cinco años no iba a desaparecer. Si ella quería tener marido y una familia, sería con él o no la tendría. Su renovada amistad con David le había enseñado eso. Ella no tenía deseos de compartir nada personal con él y no se había sentido nada celosa cuando otra mujer del grupo había comenzado a flirtear con él.

En aquel momento la nueva pareja desayunaba junta en una mesa para dos.

–Así que él ha aceptado que no lograría tenerte y se ha fijado en otra –señaló él siguiendo la mirada de ella.

–No deberías haberlo visitado en su habitación esa noche –le reprendió ella en tono gélido.

–Entonces tú todavía no reconocías que eras mía, pero me aseguré de que él sí lo hacía. Era necesario para evitar complicaciones.

Ella suspiró.

No tenía sentido discutir con él sobre eso. Lo hecho estaba hecho y ella no lo lamentaba.

–¿Estás de acuerdo? ¿Aceptas que eres mía? –inquirió él mirándola intensamente a los ojos.

Era una pregunta, qué novedad. Si ella se negaba, estaría mintiéndole a él y a sí misma.

Él no había pretendido herirla en Nochevieja al rechazarla. Ella debía confiar en que tampoco le haría daño entonces. De todas formas, ella no tenía elección. Lo deseaba más allá del orgullo o la razón, así que aceptó.

—Sí.

Capítulo 6

L UCIANO sintió una profunda emoción al escuchar que ella aceptaba y la achacó a alivio por poder retomar su plan original. Cuanto antes se casaran, antes recuperaría él el control sobre Valerio Shipping.

–Por fin progresamos.

Ella hizo una mueca ante aquellas palabras, pero no protestó.

Con una sonrisa, él la tomó del brazo y la condujo a una mesa. La conformidad de ella contrastaba con la vehemente protesta de una semana antes, cuando él casi había tenido que secuestrarla para cenar con ella. La ayudó a sentarse y la besó fugazmente en la sien al hacerlo. Ella lo miró desconcertada mientras él se sentaba frente a ella en la mesa para dos.

A pesar de las intimidades que habían compartido, ella seguía sorprendiéndose cuando él la tocaba. Le gustaba esa timidez, decidió Luciano.

Ya habían pedido el desayuno, pero él llamó al camarero para que les fuera sirviendo el café.

–Pareces cansada, *piccola* mía. Tal vez deberíamos posponer la visita a Pompeya para otro día.

Ella se tapó la boca mientras bostezaba de nuevo.

–No puedo. Hoy es nuestro último día en Nápoles. Mañana volamos a Barcelona.

–No deseo que te marches de Italia.

Ella abrió mucho los ojos, pero no protestó como otras veces en que él le había dicho que quería que pusiera fin a su viaje.

–Todavía me quedan dos semanas de viaje por Europa.

–Pasa algún tiempo en Palermo con mi familia. Mamá desea conocerte y Martina ha venido unos días, le gustará tener compañía más de su edad.

–¿Le has hablado a tu madre de mí?

–Sí.

Se habría sentido muy dolida si él hubiera aparecido de pronto con su prometida. No le había apasionado que Hope fuera estadounidense, en lugar de siciliana, pero la perspectiva de tener nietos pronto había superado cse inconveniente.

–¿Qué le has dicho? –inquirió Hope.

–Que he conocido a una mujer que quiero que sea mi esposa.

Ella se atragantó con el café.

–No estaba segura de que lo dcl matrimonio fuera en serio –comentó ella ruborizándose–. Es toda una sorpresa.

Para él también. No había contemplado casarse tan joven y menos con una tímida virgen estadounidense.

–La vida no es fácilmente predecible.

–Supongo que tienes razón.

–Entonces, ¿vendrás a Sicilia conmigo y te alojarás en mi casa con mi madre y mi hermana?

–No lo sé.

Él aplacó su impaciencia. Ella era muy asustadiza, como una yegua sin domar. Y no quería que saliera huyendo cuando por fin sus planes estaban saliendo como él había previsto. Tal vez la emergencia en Nueva York había sido un regalo del cielo, así ella había tenido tiempo de acostumbrarse a la idea de ser su esposa.

–¿Qué es lo que te hace dudar? –inquirió él disimulando su ansiedad–. ¿Te preocupa tu virtud? Mamá hará de carabina, te lo aseguro.

–Eso no me preocupa. Tengo veintitrés años. No necesito la protección de tu madre.

Él sonrió ante aquella rebeldía.

–¿Entonces qué?

–Tal vez a mi abuelo no le guste eso.

–Ya he hablado con él.

De nuevo, ella lo miró como un ciervo asustado ante un sonido inesperado.

–Es normal, dado que deseo casarme con su nieta –aseguró él, omitiendo el hecho de que había sido el propio Reynolds quien había instigado ese encuentro.

Hope necesitaba asegurarse de que él realmente deseaba hacerlo.

–¿Cómo puedes decir con tanta tranquilidad que quieres casarte conmigo? Nada nos ha conducido hasta ello y de pronto, hablas de boda como si fuera una conclusión natural. Ni siquiera me lo has preguntado.

Tampoco la había cortejado y toda mujer necesitaba un cortejo previo a la boda. Pero...

–¿Nada nos ha conducido a ello? El beso que compartimos en Nochevieja y los que compartimos la semana pasada conducen a la cama. Y acostarse con una virgen significa matrimonio para este siciliano.

Ella se ruborizó avergonzada.

–No me refería a eso.

–¿Todavía niegas que la manera en que nos besamos me da derecho sobre ti?

Él había creído que ya habían superado aquello.

—No te has casado con todas las mujeres a las que has besado apasionadamente.

Él nunca había compartido una pasión tan arrebatadora con nadie.

—Nunca había besado a una virgen.

Ella le hizo callar y miró alrededor de una forma casi cómica.

—No es el lugar para discutir mi experiencia a nivel sexual, o la falta de ella.

—Estoy de acuerdo.

A él le resultaba muy excitante pensar en descubrirle los placeres de la carne. Debían cambiar de tema o no podría salir caminando del restaurante hasta dentro de un buen rato.

—Ven a Palermo y déjame que te convenza.

—¿Vas a cortejarme?

—Justamente.

—Creí que los hombres ya no hacían eso.

—Ese ritual continuará a través de los siglos, da igual cómo lo llames. Los hombres perseguimos a nuestra compañera con todos los medios a nuestro alcance.

—¿Y tus medios son un par de semanas en Palermo con tu familia? —preguntó ella desconcertada.

—Sí.

—De acuerdo.

Hope se estiró perezosamente junto a la piscina. La hermana de Luciano seguía nadando. Martina era una joven dulce. Tres años más joven que Hope, era muy siciliana en algunas cosas, pero la influencia de sus años en una universidad estadounidense era inconfundible.

No trataba a su hermano como si fuera un dios y no tenía ningún deseo de casarse con un hombre solamente para asegurarse su futuro. Gracias a ella, Hope había podido sobrellevar la vida en la casa di Valerio. Y no porque la madre fuera insoportable, más bien todo lo contrario. Ella era la amabilidad en persona, pero daba por hecho el matrimonio entre su hijo y su novia estadounidense. El día anterior, por ejemplo, había sacado de los nervios a Hope al insistir en que fuera a tomarse medidas para el vestido de novia.

Cuando Hope le había mencionado eso a Luciano, él había sonreído y alabado a su madre por su previsión. Era evidente que ni él ni su madre dudaban de cuál sería la respuesta de ella tras su estancia en Palermo. El hecho de estar casada con un hombre con tanta confianza en sí mismo le aterraba en cierto modo.

Porque ella no tenía la misma confianza en sí misma. Y eso que debería. Él había dejado muy claro que deseaba casarse con ella, así como lo mucho que disfrutaba en su compañía. Al poco tiempo estaba cortejándola, tal y como había prometido. Debía trabajar varias horas al día, pero pasaba algo de tiempo por la mañana y por la tarde con ella, llevándola a algún sitio o invitando a amigos para que la conocieran.

A ninguno de ellos le pareció raro que él la hubiera escogido a ella, alguien tan anodina, como su prometida. Pero los hombres del nivel de ingresos de Luciano no siempre precisaban que sus esposas fueran llamando la atención. Para eso estaban sus amantes. ¿Pretendía Luciano tener una amante? ¿Tendría una ya?

Esa era una respuesta que ella necesitaba conocer

antes de comprometerse con él, pero temía preguntar. Pasó mucho tiempo intentando convencerse a sí misma de que no lo necesitaba, pero no lo logró.

Su dormitorio parecía una floristería de tantas flores como él le había regalado. Y cada día la sorprendía con algo nuevo. El bikini que llevaba en ese momento se lo había dado el día anterior.

Él estaba dedicándole mucho tiempo y regalos para convencerla de que se casara con él. Pero no había mencionado la palabra amor y no había vuelto a besarla desde su llegada a Palermo. Él había afirmado que su virtud estaría a salvo, pero ella no sabía que cesaría toda atención física.

Le molestaba que él no la tocara para nada, sobre todo al comprobar que era un hombre de mucho contacto: abrazaba a menudo a su hermana, besaba a su madre en la mejilla al llegar y marcharse y era muy italiano en la forma de relacionarse con sus amigos. Ella quedaba fuera de aquel mágico círculo de su afecto.

¿Aquello era habitual entre potenciales esposos? ¿O habría perdido él el interés por ella a nivel carnal? ¿Podía un hombre tan viril como Luciano plantearse una boda con una mujer a la que no deseaba físicamente? Casi con toda seguridad, no. A menos que planeara tener una amante. Entonces, ¿por qué querría casarse?

Ella recordó entonces patrones bastante familiares.

—¿En qué estás pensando tan absorta que no has oído que te llamaba? —preguntó Martina secándose el cabello junto a ella.

—Adivínalo —respondió Hope con un suspiro.

—En mi hermano.

—Exacto.

—Vas a casarte con él, ¿verdad? —inquirió la joven con inesperada preocupación.

—No lo sé.

—¿Cómo puedes no saberlo? Está loco por ti. Te ha regalado ese libro tan hortera sobre poesía italiana.

—No entiendo italiano.

—Estás aprendiéndolo.

Cierto. Sus rudimentarios conocimientos del idioma crecían rápidamente. Y por eso estaba totalmente segura de que Luciano nunca había mencionado nada de amarla ni de estar loco por ella, ni siquiera en italiano.

Martina se acomodó en la tumbona junto a Hope.

—Tú lo amas.

—No diré nada que luego pueda ser usado en mi contra. Hasta una hermana pequeña y cotilla puede ser una infiltrada... —bromeó Hope.

Martina rio.

—No necesito que me lo confirmes. Cada vez que lo miras, te lo comes con los ojos. Eres demasiado dulce, además de profunda, como para tener un simple enamoramiento. En una mujer como tú, el deseo siempre está unido a amor.

Y al parecer su deseo era evidente incluso para la hermana de Luciano. Con razón él y su madre estaban tan seguros de que ella aceptaría casarse.

—¿Una mujer como yo? ¿Tú eres capaz de desear hacer el amor con un hombre a quien no amas?

Ella nunca se había sentido libre para hablar de ese tipo de cosas con sus amigas en el colegio, había sido demasiado tímida. Pero Martina le había hecho bajar las defensas y se habían convertido en confidentes.

Martina soltó una risita.

—Tal vez no tanto como hacer el amor, pero sí he besado a unos cuantos.

A Hope se le encogió el corazón. Ella no podía decir lo mismo. A ella apenas la habían besado, y nunca como lo había hecho Luciano. Y ella nunca desearía besar a otro hombre.

—Supongo que será amor.

—Lo sabía —exclamó Martina dando palmas—. Vas a casarte con él. Mamá está segura de ello, ¿sabes?

—Sí que lo sé.

¿Cómo no iba a hacerlo después de que le tomaran medidas para el vestido de novia?

—Se muere de ganas de tener nietos.

—¿Y si yo no deseo quedarme embarazada enseguida?

—No creo que a Luciano le gustara eso —contestó Martina con cierta preocupación.

En realidad, Hope quería sus hijos. Y cada vez estaba más convencida de que él deseaba casarse con ella para disfrutar de esos *bambini* que supuestamente todo hombre italiano deseaba.

—Pero todo eso ahora no tiene importancia. Tu hermano todavía no me ha pedido que me case con él. Hasta que lo haga, todo esto no son más que conjeturas.

—¿Porque no estás segura de que él vaya a hacerlo, o porque sigues intentando convencerte de que no sabes si le dirás que sí?

—¡Cielo santo! De haber sabido que el bikini tapaba tan poco, habría comprado otro —las interrumpió una voz masculina.

—*Ciao*, Luciano. Creo que Hope está fabulosa con

ese bikini, pero tienes razón: deja ver más que el bañador que trajo en su maleta.

Hope elevó la mirada hacia Luciano y sonrió.

—Dejad de decir tonterías los dos. Es un bikini de lo más conservador.

Y era cierto, después de lo que había visto en las playas locales.

—No lo suficiente —murmuró Luciano.

—Si tanto te molesta...

—No le ofrezcas cambiarlo. Debes comenzar como pretendes continuar —intervino Martina—. Si permites que él decida sobre tu ropa ahora, nunca terminará.

Las mejillas de él se oscurecieron y sus ojos castaños echaron chispas.

—Iba a decir que nadie le obligaba a mirarme, señorita sabelotodo —le dijo Hope a la joven y sonrió a Luciano—. Has regresado antes de lo esperado.

—Sí. Nos han invitado a una fiesta en el jardín de los DeBrecos. Mi amigo va a celebrar que ha logrado cerrar un negocio difícil.

—¿Y yo puedo ir también? —preguntó Martina con gran interés.

—Por supuesto.

—Voy a cambiarme —anunció saltando de su tumbona—. ¿Cuándo nos vamos?

—En menos de una hora, hermanita. Y no te esmeres en maquillarte y hacerte un complicado peinado porque al meterte en la piscina todo desaparecerá.

Martina se giró hacia Hope.

—Hombres... Y no se te ocurra cambiarte el bikini para contentarle.

—¿Cómo podría? Es un regalo, ofendería a tu hermano si lo rechazara y prefiriera mi viejo bañador.

–Yo no estaría tan seguro –gruñó él.

Hope rio. Un hombre que no la deseara no reaccionaría así ante su bikini. Sin duda, ella no iba a cambiárselo. Si conseguía tentarlo, aunque fuera un poco, tal vez él revelaría alguno de sus sentimientos hacia ella.

Esa esperanza tan optimista se desvaneció al comprobar que, también en la fiesta, Luciano le dedicaba la misma cortesía desprovista de contacto de los últimos días.

Desesperada por provocarle alguna respuesta, ella se quedó en bikini, sacó el protector solar de su bolsa y se giró hacia él. Él llevaba un bañador short negro que destacaba su cuerpo esculpido como una estatua. Ella tuvo que contenerse para no babear.

Y para no abalanzarse sobre él.

Le tendió el bote de crema solar.

–¿Puedes ponerme un poco en la espalda? Creo que lo de antes se ha ido y no quiero quemarme.

Luciano agarró el bote con una extraña expresión en su rostro.

–¿No alcanzas tu propia espalda?

¡A quien no lograba alcanzarle era a él! Intentó encogerse de hombros con despreocupación.

–Para ti es más fácil.

Le ofreció la espalda al tiempo que se levantaba el cabello de la nuca.

Entonces sucedieron dos cosas: Martina se sentó grácilmente en la tumbona junto a Hope, alabando que la fiesta era fabulosa; y Marco hizo una seña a Luciano desde el otro lado de la piscina, llamando su atención. Él le entregó la crema a su hermana precipitadamente.

—Ponle un poco de esto a Hope en la espalda, hermanita, mientras yo voy a ver qué quiere Marco.

Hope le observó alejarse desesperada. Su plan no había funcionado.

—¿No te habías untado de protector antes de salir de casa? —inquirió Martina mirando a Hope extrañada y de pronto comprendió todo.

—¡No me digas que...!

Hope odiaba admitir que había usado uno de los trucos más viejos de la historia y que le había fallado, así que se encogió de hombros y agarró el bote.

—Da igual —dijo mientras lo guardaba en su bolso.

Martina la miró con curiosidad.

—Me he dado cuenta de que Luciano no te toca nunca.

—Soy consciente de ello —dijo Hope con un suspiro.

—Eso es raro en un hombre que quiere casarse contigo.

—Ya lo sé.

Ella no necesitaba ese recordatorio. Fulminó a Luciano con la mirada mientras él hablaba con Marco.

De pronto Martina se alteró.

—¿Qué está haciendo ella aquí? —saltó.

Hope siguió su mirada y el corazón se le detuvo. Aquello era lo que menos necesitaba: Zia Merone. Luciano y ella habían aparecido en las revistas del corazón varias veces el año anterior. Se había rumoreado que mantenían una relación. Lo cual era mucho más comprensible que su supuesto matrimonio con ella, se dijo Hope. Zia era espectacular, con su pelo rubio aunque teñido y sus curvas generosas. Justo lo que un hombre siciliano como Luciano encontraba atractivo.

Hope se mordió el labio inferior con tanta fuerza que se hizo sangre. Los celos eran una emoción de lo menos deseable.

—Supongo que Marco la ha invitado.

—Por supuesto, pero ella debería haber tenido el tacto suficiente de no presentarse —dijo Martina indignada—. Todo el mundo sabe que tú eres la nueva novia de Luciano.

—¿Tú crees? Tal vez ella no se ha enterado —comentó Hope mientras observaba el acercamiento de Zia a Luciano con el corazón encogido.

Marco saludó a la supermodelo besándola en ambas mejillas. Luciano iba a hacer lo mismo, pero ella giró la cabeza y lo besó fugazmente en los labios. Luciano se apartó riendo y dijo algo que Hope no alcanzó a oír. Fue un saludo como de pasada, nada íntimo para un hombre italiano, pero después de llevar días siendo tratada como una intocable, Hope no aguantó más.

—Me voy dentro. El sol quema demasiado —dijo levantándose de un salto.

Martina la siguió.

—No te preocupes por eso, Hope. Solo ha sido un beso breve. Créeme, si Luciano la deseara, habría prolongado el contacto.

Dándose cuenta de que no era la manera más delicada de decirlo, Martina enmudeció.

Hope la ignoró y apresuró su paso. Luciano a ella no la besaba ni breve ni largamente.

Una de las amigas de Martina detuvo a la joven, para alivio de Hope. Martina le caía bien, pero temía echarse a llorar y no quería que le ocurriera en público.

Estaba buscando un aseo cuando la detuvo una voz

masculina hablando en italiano. Ella no comprendió la perorata y se giró.

–Lo siento, no he entendido. Hablo poco italiano –dijo en ese idioma.

Él sonrió.

–Tú eres la novia americana... –comentó como si ella fuera un extraterrestre–. Luciano te ha traído para que conozcas a su madre.

Aproximadamente de su edad, ese joven era guapísimo, de rostro aniñado, pero con un cuerpo de lo más masculino. Parecía una estatua griega perfectamente bronceada. No era tan alto como Luciano, pero seguía siendo más alto que ella y le sonreía.

Hope le devolvió la sonrisa.

–Martina me había dicho que lo sabía todo el mundo, pero yo creí que exageraba.

–Los cotilleos se expanden rápido –dijo él encogiéndose de hombros–. Soy Giuseppe, primo de Marco.

Él estrechó la mano de ella y se la llevó a los labios. El beso duró unos instantes más de lo que marcaba la cortesía. Luego, sin soltarla, la miró de pies a cabeza de una manera que la hizo ruborizarse.

–¡Bellísima! –exclamó él juntando sus dedos y besándolos en un gesto de evidente aprobación.

Al menos alguien la veía como algo más que un mueble. Ella sonrió de nuevo, con las mejillas encendidas de timidez y agrado.

–Gracias.

–Y esa tímida sonrisa, ese rubor, son encantadores. Combinados con tu belleza, es fácil ver por qué mi amigo está tan cautivado.

–¿Es amigo suyo? –inquirió ella, pues no recordaba ninguna mención a Giuseppe DeBreco.

Por otro lado, no podía haber conocido a todos los amigos de Luciano en tan poco tiempo.

Giuseppe esbozó una sonrisa angelical.

—Por supuesto.

Fuera lo que fuera, ella retiró su mano. Él la soltó con una cómica expresión de lamento y ella no pudo evitar sonreír.

—¿Has entrado en la casa por alguna razón? —preguntó él—. ¿Tal vez querías proteger tu blanca piel del terrible sol siciliano?

—Algo así.

No iba a confesarle a un extraño que había salido corriendo al ver a Luciano con su antigua novia.

—Entonces, ven. Te serviré una copa y te haré compañía en el salón. Eres una invitada de mi familia, no puedes aburrirte.

Olvidado su deseo de llorar, Hope siguió encantada al atractivo hombre que sí deseaba su compañía y no la de otra mujer. Su conciencia trató de recordarle que Luciano se encontraba junto a Marco cuando Zia se había acercado a él, pero ella no quiso hacerle caso. No estaba de humor para conceder a Luciano ni el beneficio de la duda.

Una vez en el salón, Giuseppe se acercó al minibar y sacó una botella de champán.

—Brindaremos porque mi amigo ha sido cazado por una bella americana.

—Él no está cazado —aclaró ella tomando la copa que él le tendía y dándole un sorbo.

Giuseppe la miró burlón.

—Te han tomado medidas para el vestido de boda.

Ella se atragantó con el champán.

—Tienes razón, los cotilleos vuelan.

Él se encogió de hombros.

–Luciano y yo no estamos comprometidos –confesó ella, animada por el champán.

–Así que todavía hay esperanza para mí –dijo Giuseppe exageradamente, haciéndola reír–. ¿Quieres escuchar algo de música o ver la televisión?

–Música sí. Pero no tienes por qué entretenerme. Puedo quedarme sola perfectamente.

Él pareció escandalizado con la idea.

–Soy un caballero. Nunca dejaría sola a una dama en el hogar de mi familia.

Era todo un seductor.

–¿Por casualidad sabes jugar al *Gin Rummy*? –inquirió ella, echando de menos de pronto el juego de naipes al que jugaba todos los días con su amigo y compañero de trabajo, Edward.

–Se me da mejor el póker –contestó Giuseppe guiñándole un ojo–. Pero buscaré una baraja si es lo que deseas.

Ella tomó otro sorbo de champán.

–Me gustaría. Si juegas al *Gin* conmigo, yo jugaré al póker contigo –prometió ella.

–Así, ambos disfrutaremos de nuestros vicios.

A ella le sonó muy bien. Con Luciano no disfrutaba de ninguno.

Giuseppe regresó al cabo de unos minutos con una baraja. Mientras él la divertía con historias de los amigos de Luciano, jugaron una partida de *Gin*. Al cabo de un par de manos fue evidente que ella iba a ganar. Había terminado su segunda copa de champán cuando ganó la partida.

Advirtió el ceño fruncido de Giuseppe y se ofreció a jugar al póker.

–Seguro que ahí ganas tú, a mí se me da muy mal –señaló ella.

Él soltó una carcajada.

–Conoces al hombre siciliano, no le gusta perder, ¿verdad?

–Eso es muy cierto. Sobre todo no le gusta perder a su mujer para descubrir que está divirtiéndose con otro hombre –afirmó la gélida voz de Luciano desde la puerta del salón.

Capítulo 7

GIUSEPPE levantó la vista con expresión indolente.

—¡Pero si es el novio poco atento! Un hombre debe asumir los riesgos cuando descuida a su acompañante, amigo mío.

Hope no intervino porque estaba de acuerdo. Envalentonada por el champán, no estaba de humor para aplacar el estúpido ego masculino de Luciano después de que él hubiera dejado el suyo por los suelos. Imágenes de las rosas y otros regalos acudieron a su mente, pero ella las rechazó rápidamente al recordar los labios de él unidos a los de Zia.

Breve o no, había sido un beso.

—¿No tienes nada que decir? —exigió él.

—Iba a empezar una partida de póker con Giuseppe, pero no tengo dinero —dijo ella señalándose el bikini—. ¿Me prestas un poco?

A Luciano se le endureció la expresión aún más.

—No.

Ella suspiró y se giró hacia Giuseppe.

—Supongo que no aceptarás apostar en especie, ¿verdad?

Él la miró como si ella fuera una criatura extrañamente fascinante.

–Me refiero a apostar otra cosa que no sea dinero –puntualizó Hope.

Giuseppe la miró boquiabierto y desde la puerta del salón llegó un gruñido ahogado. Ella lo ignoró.

–Pero no puede ser mi ropa. Soy demasiado tímida para jugar al strip póquer y, además, tú llevas ventaja.

De hecho, ella había pensado en un pagaré pero, ¿para qué aburrirle con eso?

Giuseppe miró la copa de champán de ella, de nuevo vacía.

–Tú no bebes habitualmente, ¿verdad?

–Cierto, no bebo mucho. ¿Tiene eso algo que ver con jugar al póker? Aún puedo leer las cartas con normalidad, si es lo que te preocupa.

Él miró a un furioso Luciano a la espalda de ella.

–No exactamente.

–Tú no vas a jugar al póker –ordenó Luciano.

Ella no se molestó en reconocer su presencia. Sonrió a Giuseppe.

–Entonces, ¿qué puedo apostar?

–Luciano no quiere que juegues –dijo él lentamente, por si ella no había captado el mensaje.

–Soy una mujer estadounidense, no se nos da muy bien recibir órdenes. De hecho, es lo que nos ocurre a la mayoría de mujeres modernas.

–Incluso a las tímidas, por lo que veo –señaló Giuseppe con un tono divertido que no correspondía a la situación.

–Giuseppe –cortó Luciano con voz de acero–. Creo que a Marco le gustaría que divirtieras a sus invitados.

–Discúlpame, Hope. Debo marcharme. El deber me llama –se despidió el joven con una sonrisa angelical–. Tal vez podamos jugar al póker otro día.

Ella suspiró.

–De acuerdo, te prometo que te dejaré ganar.

–Esperaré ansioso ese momento –dijo él y se marchó.

Ella barajó las cartas y empezó a hacer un solitario. Se había quedado sin su compañero de *Gin Rummy,* pero no por eso tenía que regresar al jardín y ver a Zia pavoneándose delante de Luciano.

Al cabo de unos instantes, sintió la amenazadora presencia de él a su espalda.

–¿Por qué estabas aquí jugando a las cartas con Giuseppe?

Ella no se molestó en mirarlo. Tan solo se encogió de hombros.

–Quería hacerlo.

–No me gusta encontrarte a solas con otros hombres –dijo él y sonaba como si estuviera recurriendo a toda su paciencia.

–¿De veras? Lo tendré en cuenta.

A ella no le gustaba que él permitiera que otras mujeres lo besaran, así que estaban empatados.

–¿Y no lo harás de nuevo? –cuestionó él en un tono peligrosamente suave.

El champán había afectado a Hope en algo más que en su deseo de dejarse ganar a las cartas.

–Yo no he dicho eso. Me ha gustado jugar al *Gin* con Giuseppe. Es un hombre muy agradable. Y además es muy guapo –dijo con más candor que sentido común–. Y no tan alto que me abrume.

En realidad, ella debería buscarse a un hombre como él en lugar del supermasculino Luciano. ¿Por qué el corazón no era más lógico?

La abrupta inspiración a su espalda le indicó que a él no le había gustado esa provocación.

–¿Prefieres su compañía a la mía? –inquirió él en un tono tan suave que indicaba su profunda irritación.

Una respuesta sincera sería demasiado buena para el ego de él.

–No lo sé –se sorprendió contestando a sí misma.

Aún podía ser más provocadora. Tal vez debería beber champán más a menudo. Estudió sus cartas.

–Solo he conseguido jugar una partida con él antes de que llegaras y le echaras de aquí.

–¿Y si tuvieras la oportunidad de algo más con él, lo harías?

Notaba la ira de Luciano en unas ondas que le quemaban la espalda.

–Él me ha tocado. Tú no. Tal vez.

Mentirosa. Ella solo quería a Luciano.

–¿Él te ha tocado? –repitió él en tono mortífero.

Ella se dio cuenta de que había elegido palabras poco afortunadas. Se giró hacia él con rapidez y lamentó haberlo hecho. En primer lugar, porque se mareó. Y en segundo, porque la expresión de él era aterradora. Parecía como si quisiera asesinar a alguien, seguramente a Giuseppe. Ella no quería crear problemas entre los dos hombres, especialmente cuando el más joven había sido tan amable con ella.

Fulminó a Luciano con la mirada.

–No como insinúas. Yo no soy como tu otra novia, Zia. No voy por ahí besando a hombres en lugares públicos.

Luciano ignoró la referencia a Zia.

–¿Cómo te ha tocado, tesoro? Dímelo –le urgió con un tono peligrosamente suave.

–Me ha besado la mano y me ha dicho que soy bella. Para que lo sepas, me ha hecho sentir bien.

Mucho mejor que Luciano soltando el bote de protector solar y desapareciendo a la mínima señal de Marco.

–Y ahora, regresa con tu conejita de *Playboy* y déjame terminar mi solitario en paz.

¿Ella había dicho eso realmente? Sonaba como una mujer celosa, lo cual era cierto.

–No me interesa ninguna otra mujer y no deseo dejarte sola.

Ella puso los ojos en blanco.

–¿Por qué no? Me has dejado sola junto a la piscina.

–Te he dejado con mi hermana –replicó él furioso–. Marco quería comentarme algo.

–Entonces, sigue haciendo negocios con él. No me importa.

Debería de estar acostumbrada, se reprochó ella. Había vivido toda su vida ignorada, en favor de los intereses de negocios de su abuelo. Pero si Luciano creía que iba a casarse con un hombre que repitiera ese patrón, estaba muy equivocado.

«No son sus negocios lo que te tiene tan molesta», le recordó una voz en su interior.

–Es obvio que te importa. Estás molesta –afirmó él con superioridad.

Así que se había dado cuenta.

–¿Lo estoy?

Ella se concentró de nuevo en sus cartas y descubrió un as. Era incluso mejor al solitario que al *Gin*. Había jugado mucho desde pequeña.

Unos dedos suaves le acariciaron los hombros desnudos.

–¿Qué ocurre, tesoro mío? ¿Estás molesta por el beso

de Zia? No ha sido nada, te lo aseguro. Ya no hay nada entre nosotros. Estaba bromeando conmigo.

Él sonaba tan sincero y ella deseaba tanto rendirse a sus caricias...

—Eso no es lo que me ha parecido.

—¿Así que esto se debe al atrevimiento de Zia? —preguntó él con una complacencia que irritó a Hope.

Al muy canalla le gustaba la idea de que ella estuviera celosa.

—«Esto» no se debe a nada. Me apeteció entrar. Fin de la historia.

¿Iba a convertirse en una mentirosa compulsiva?

—¿Y lo de jugar a las cartas con un vividor empedernido? —inquirió él abandonando toda su complacencia.

—Giuseppe es muy amable.

—Sí. Te besó la mano y te dijo que eres muy bella —repitió él y sus dedos se tensaron sobre los hombros de ella—. Eso te ha gustado.

Si él hubiera sonado enfadado, tal vez ella se habría mantenido desafiante, pero él parecía confuso y decepcionado con ella.

—Preferiría que fueras tú quien lo hiciera —admitió ella.

Maldito champán. Antes de que se diera cuenta estaría confesándole que lo amaba.

Él la levantó de la silla y la giró hacia él. Ella clavó la vista en el pecho de pelo ensortijado de él. Necesitaba cuidar su orgullo. No quería mirarlo y ver su reacción ante aquella confesión.

Él tomó su mano y la besó en los nudillos.

—Eres muy bella —dijo y lo repitió en italiano.

También le dijo que era dulce, la mujer con la que quería casarse y que su piel sabía a gloria.

Ella escuchó extasiada aquella letanía de halagos.

Él no se limitó a las palabras. Besó cada uno de sus dedos con un suave mordisqueo, repitiendo la palabra «bellísima» tras cada beso. Ella cerró los ojos mientras le invadían las sensaciones y entonces él la atrajo hacia sí y dijo algo en italiano. Ella creyó entender algo como «sabía que esto pasaría», pero no le encontró sentido.

Dejó de buscárselo cuando él se inclinó sobre ella y la besó. Automáticamente, ella perdió toda su fuerza de voluntad.

Llevaba días ansiando saborearle y se entregó a él apasionadamente. Él gimió, la estrechó contra sí y se enzarzaron en un apasionado beso. Era como en el apartamento de él en Atenas, pero mejor. Ella ya sabía el placer que le esperaba junto a él.

Lo abrazó por el cuello y se apretó contra él todo lo posible. Entreabrió la boca, invitándole a entrar, y él aceptó la invitación con la potencia de una armada invasora. Acabó con las defensas de ella y la dejó a merced del deseo que los poseía a ambos.

Él era emocionante. La subió en brazos y a ella no le importó a dónde la llevaba, solo quería que él siguiera con lo que estaba haciendo, demostrándole que la deseaba más que a cualquier otra mujer. Porque él no había respondido a Zia de aquella manera junto a la piscina.

Gradualmente, los sonidos de la fiesta se perdieron en la lejanía. Y entonces una puerta se cerró tras ellos. Él continuó besándola y ella siguió con los ojos cerrados. El placer la invadía por completo.

Sintió una cama bajo ella y dedujo que él la había llevado a una habitación de invitados. Y entonces él se colocó sobre ella. Ella abrió las piernas instintivamente para permitirle acceso a su parte más íntima. Se recreó en la sensible piel del interior de sus muslos rozándose con los músculos esculturales de él.

Las manos que ella tanto había ansiado que la recorrieran estaban por todo su cuerpo, dejando un rastro de deseo por donde pasaban.

Ella gimió y se arqueó hacia él, apretando su feminidad contra la dureza de él. Se estremeció. Aunque él aún no la había penetrado, se sintió poseída con una intimidad que nunca habría imaginado. Sus pliegues calientes y húmedos ansiaban unas caricias más directas.

Él separó su boca de la de ella y la paseó por su cuello y el escote.

—Eres perfecta, querida mía —le aseguró él apretándose contra ella—. Somos una pareja perfecta.

Ella respiraba tan aceleradamente que no podía responder. Su cuerpo ardía por las caricias de él y su mente era un infierno de ideas eróticas.

—Admítelo, Hope: te excito.

¿Él necesitaba escucharlo? ¿No le bastaba la reacción de su cuerpo para demostrarle que antes había dicho muchas tonterías?

Él se movió contra ella en una excitante imitación del coito. Ella arqueó la pelvis. Cada arremetida enviaba olas de placer por todo su cuerpo.

Entonces él se retiró. Ella ahogó un grito e intentó volver a fundirse con el cuerpo de él, pero sus fuertes manos se lo impidieron.

—Esto no lo tienes con ningún otro hombre. Tu cuerpo me desea. Dilo.

—Sí —gritó ella—. Eres perfecto para mí.

No era una confesión tan importante. Él ya había dicho que ella era perfecta para él. Aun así, ella sintió que le había entregado algo más. Había confesado una necesidad que le dejaba vulnerable ante él.

Las palabras de ella tuvieron un profundo impacto en el autocontrol de él y, sin saber cómo había sucedido, ella se vio sin su bikini. Él se quitó su bañador. Y entonces sí fue piel moviéndose contra piel.

Ella gritó de placer y volvió a hacerlo cuando la boca de él se posó en uno de sus pezones. Él lo lamió y mordisqueó y ella perdió el control. Su cuerpo ansiaba un alivio desconocido hasta entonces.

—Por favor, Luciano, no puedo soportarlo.

Sentía que iba a morirse de lo acelerado de su corazón y su respiración. Todo su cuerpo estaba dolorosamente tenso conforme ella se apretaba contra él ansiando el placer que prometían sus caricias.

La mano de él la acarició íntimamente como había hecho en Atenas.

—Me perteneces, *cara*.

Ella lo miró con la visión empañada de pasión.

—Sí. Pero es mutuo —logró articular.

Necesitaba que él supiera que aquello no era calle de un solo sentido.

Él murmuró su aprobación al tiempo que acariciaba el centro de su placer. A los pocos instantes, ella se estremeció bajo él con una sensación de plenitud que la maravilló y aterró al mismo tiempo. Su cuerpo había dejado de pertenecerle en ese espacio de tiempo. Él había sido su dueño con la gratificación que él le había concedido y las emociones que aquel placer evocaban en ella.

—¡Luciano!

Él se colocó sobre ella con sus ojos oscuros brillando de triunfo y deseo. Acercó su erección a la cueva húmeda y pulsante de ella y apretó la mandíbula.

–Podría tomarte ahora mismo. ¡Santo cielo, cuánto deseo poseerte!

–Sí –gimió ella.

Quería recibirle, acogerle de forma tan ancestral como los ojos de él pedían.

–Pero no voy a hacerlo –dijo él con voz ronca y una gota de sudor en la sien.

–¿No? –preguntó ella sin comprender aquella negativa.

–No seduzco a vírgenes –explicó él con los dientes apretados del esfuerzo de contención.

–Pero yo te deseo, Luciano.

Él apoyó su frente sobre la de ella, quemándola con su ardor.

–Yo también te deseo, *piccola* mía, pero como mi esposa. Accede a casarte conmigo, Hope, o regresa a Boston. No puedo soportar más este tormento del cuerpo.

Él se estremeció sobre ella y acto seguido se apartó y se tumbó boca arriba en la cama, con su erección evidenciando sus palabras. Sus nudillos blancos de agarrarse a las sábanas denotaban lo cerca que se hallaba de perder el control.

Pero era matrimonio o nada. Bueno, nada no. Él le había hecho sentirse plena. La había despertado sexualmente, le había proporcionado el primer orgasmo de su vida. Pero sin boda él no tomaría nada ni se entregaría del todo.

–¿No se supone que es la mujer quien suele exigir matrimonio?

No solo era un mal intento de humor. Además expresaba lo desconcertante que encontraba la situación.

Él no respondió. Ella supuso que él ya había dicho todo lo que creía necesario.

Tal vez fuera así. Ella lo amaba. Mucho. Lo deseaba casi tanto como lo amaba. Él también la deseaba, y mucho, se dijo ella observando aquella grandiosa erección. Y también le gustaba, la respetaba lo suficiente como para conseguirla a la manera tradicional. ¿El respeto, el deseo y el gustarse serían suficientes?

Ella se sentó y se acercó las rodillas al pecho, mostrando tanta modestia como era posible estando desnuda. Él seguía excitado, pero respiraba con mayor tranquilidad. Ella desvió la mirada, avergonzada por la intimidad de verlo en aquella situación.

Ella quería conocer el milagro de conectar con él de la forma más íntima como podían hacerlo un hombre y una mujer. Pero sabía que él se mantendría firme en su ultimátum. Boda o nada.

—Luciano, ¿tú crees en la fidelidad?

Él se sentó y la miró fijamente, sin preocuparse de su desnudez.

—Una vez que estemos casados, no habrá ningún otro hombre.

—Me refería a ti. Si me caso contigo, ¿tendré que preocuparme acerca de que tengas amantes?

—No —respondió él con una absoluta convicción.

—¿Ahora tienes una amante?

Tenía que preguntárselo.

—Ya te he dicho que no había ninguna otra mujer.

—Algunos hombres no consideran a las mujeres y a las amantes al mismo nivel. Creen que tener una no impide tener las otras.

Ella lo había visto a menudo entre los ricos compañeros de su abuelo.

—Yo no soy de ese tipo de hombres. No deseo a ninguna otra mujer excepto a ti.

–¿Para siempre? –preguntó ella sin poder creérselo todavía.

Él tomó el rostro de ella entre sus manos.

–Para siempre. Serás mi esposa y la madre de mis hijos. No te avergonzaré de esa manera.

A ella se le llenaron los ojos de lágrimas.

–De acuerdo –dijo ella embargada de emoción.

–¿Te casarás conmigo?

Ella asintió.

–Sí.

Él le enjugó una lágrima con el dedo.

–Estás llorando... Dime por qué.

–No lo sé. Estoy asustada –admitió, tanto a sí misma como a él–. Tú no me amas, pero quieres casarte conmigo.

–Y tú me amas.

¿Tenía sentido negarlo? Ella acababa de aceptar casarse con él.

–Sí.

–Me alegro de eso, *cara*. No tienes que temer el entregarte a mí. Atesoraré tu amor.

Pero no dijo nada de corresponderlo.

¿Tanta diferencia había? Ella había vivido casi toda su vida sin ser verdaderamente amada. Su abuelo se había ocupado de ella con una fría eficiencia pero, hasta hacía bien poco, no se había mostrado particularmente orgulloso de ella. Al menos Luciano sí que la deseaba. Él, que podía tener a quien deseara, la había elegido a ella. Eso tenía que significar algo.

Ella se obligó a sonreír. El hombre al que amaba quería casarse con ella. Quería hijos con ella y le había prometido fidelidad. La respetaba y la deseaba. Tal vez de ahí, con la intimidad del matrimonio, el amor creciera.

–Será mejor que nos vistamos –dijo ella, ni de lejos tan cómoda como él acerca de su desnudez una vez que la pasión no embotaba su mente.

Él la detuvo en su camino hacia el borde de la cama.

–Yo también quiero que me asegures algo: que no volverás a quedarte a solas con otros hombres.

Era un hombre de lo más dominante. Ella suspiró.

–Solo estábamos jugando a las cartas, Luciano, nada más.

–Lo sé, pero no me ha gustado encontrarte a solas con él. Es un mujeriego de primer orden.

–Conmigo ha sido todo un caballero. Tal vez sea un donjuán, pero no creo que fuera detrás de una mujer que ya está comprometida con otro.

–Créeme –le aseguró Luciano.

–No seas ridículo. ¿Qué quieres que haga si me encuentro sola en una habitación y aparece un hombre, salir corriendo? –replicó y, ante el evidente agrado de él, ella lo fulminó con la mirada.

–Eso no va a pasar de nuevo.

–Asúmelo, estabas tan ocupado con tus amigas que ni siquiera te has dado cuenta de que me había ido. Me ha dado tiempo a ganarle una partida antes de que entraras a buscarme. No creo que puedas quejarte de que haya buscado mi propia diversión.

–Creía que estabas con Martina. Cuando ella regresó de la piscina con sus amigos y sin ti, empecé a buscarte inmediatamente.

–No me habría marchado si no hubieras permitido que tu antigua novia te besara.

–Yo no se lo permití. Ella simplemente lo hizo.

En eso él tenía razón. Además, él se había separado rápidamente.

—A ella la has tocado, cuando a mí no puedes ni ponerme bronceador en la espalda —le acusó ella—. ¿Cuándo
fue la última vez que me saludaste besándome en las
mejillas? Me tratas como a una intocable.

Él enarcó las cejas burlón.

—¿Acaso lo dudas? Te toco y, cinco minutos después, estamos desnudos en una cama.

—¿Estás diciendo que evitas tocarme porque me deseas demasiado?

Era un concepto novedoso e infinitamente bueno
para su ego femenino.

—Te prometí que no te seduciría.

Y el roce más inocente hacía peligrar esa promesa,
según insinuaba él. Parte de su temor a casarse con un
hombre que no la amaba se disipó.

—Y ahora quieres que te prometa que no me quedaré
a solas con otros hombres.

—Sí.

Ella debería comprenderlo porque tampoco le gustaría que él se quedara a solas con otras mujeres. Ella
le había hecho prometerle fidelidad. Tal vez él también tenía sus propias inseguridades. La idea casi le
hizo reír, pero la mirada intensa de él no.

—No tendré por costumbre quedarme a solas con
otros hombres y nunca te seré infiel.

Era lo más real que podía prometer y cumplir.

Él pareció satisfecho y asintió.

—Nos casaremos en dos semanas.

Capítulo 8

POR QUÉ quiere verte antes de la ceremonia? Eso no es normal –dijo Claudia di Valerio retorciéndose las manos–. Los hombres norteamericanos no son racionales.

Hope contuvo una sonrisa. Su futura suegra tenía unos puntos de vista muy definidos de lo que suponía el comportamiento apropiado de hombres y mujeres. El abuelo de Hope la había desconcertado varias veces en las dos últimas semanas, queriendo aprobar el vestido de novia, insistiendo en comentar con el chef el menú y muchas otras peticiones igualmente extrañas, según ella. No estaba acostumbrada a que un hombre le diera órdenes en el ámbito doméstico.

Hope le dio unas palmaditas en el brazo.

–No se preocupe, él tan solo quiere ver. No tocará nada.

Su abuelo había recibido la noticia de la boda con gran alegría y se había desplazado hasta allí inmediatamente para participar en los preparativos. Hope había asumido que era parte del extraño cambio en su comportamiento desde su ataque al corazón y por eso aceptó mejor su intervención que su futura suegra.

La mujer puso los ojos en blanco antes de abrir la puerta del dormitorio.

–Adelante, entonces.

Joshua entró con una expresión de felicidad que Hope no le había visto nunca.

–Estás muy guapa, Hope. Me recuerdas a tu abuela el día de nuestra boda.

Ella no había conocido a su abuela, pero le gustó la comparación.

–No la cuidé bien, lamentablemente –añadió él compungido–. Ni a tu madre tampoco. Pero he aprendido la lección. Quiero lo mejor para ti. Quiero que seas feliz. Casarte con Luciano te hace feliz, ¿verdad, pequeña?

Aunque no sabía qué sería de su futuro, le llenaba de gozo la perspectiva de pasarlo junto a él.

–Sí, muy feliz –dijo.

Claudia y él sonrieron encantados. Por una vez, estaban de acuerdo en algo.

–Entonces mereció la pena. Hice lo correcto.

¿Se refería a haber enviado a Luciano a visitarla a Atenas? Ella estaba de acuerdo.

Él se giró hacia Claudia.

–Supongo que ha establecido un horario para esta fiesta...

La madre de Luciano lo miró ofendida.

–Todo sucederá a su ritmo. He planificado las distintas partes, pero una boda no puede apresurarse para que encaje en la agenda de un hombre de negocios.

Sorprendentemente, Joshua coincidió en eso y abandonó la habitación.

–Creo que le has asustado, mamá –comentó Martina desde el otro extremo de la sala, donde había estado disponiendo el vestido de cóctel de Hope.

–Ese hombre... Nada le asusta, pero al menos nos ha dejado en paz.

Aunque paz tuvieron muy poca en la siguiente hora conforme ultimaban los preparativos para el paseo de Hope hasta el altar.

Iba a ser una boda siciliana tradicional. A pesar de que Hope ansiaba convertirse en esposa de Luciano, toda la pompa y boato del acto había teñido de fatiga el resto de sus emociones. Así que, cuando su abuelo la condujo al altar, se sentía como anestesiada del agotamiento, sin espacio en su mente para temores ni dudas de última hora. Cosa que agradeció, por otra parte.

Cuando Joshua la entregó a Luciano, los dos hombres intercambiaron una mirada que ella no supo interpretar. Entre ambos había existido una tensión indefinible desde que su abuelo había llegado a Italia. Ella se preguntó si alguno de sus negocios compartidos se habría ido a pique. Ella no le había preguntado a Luciano porque, aunque él ya no la trataba como a una intocable, se había asegurado de que nunca estuvieran a solas.

La mano de él, cálida, rodeó la suya y ella relegó sus preocupaciones al fondo de su mente.

—Así que la píldora no ha sido tan difícil de tragar, ¿cierto?

Luciano se giró lentamente al oír la voz de Joshua Reynolds. El anciano parecía contento consigo mismo.

¿Seguiría así cuando su negocio comenzara a perder importantes contratos? Luciano no lo creía. Enarcó una ceja.

—El matrimonio es para toda la vida. Por mi propio interés, disfrutaré al máximo el haber convertido a Hope en mi esposa.

—Eres un tiburón en los negocios, pero conservador en lo relativo a la familia —señaló Joshua con evidente satisfacción.

Luciano no se molestó en contestar. Aquel hombre tendría ocasión de comprobar por sí mismo lo implacable en los negocios que podía ser un hombre siciliano al que hubieran chantajeado para casarse.

—No cometerás el mismo error que yo de ignorarla —añadió el anciano, sin dar importancia al silencio de Luciano—. Es una mujer especial, pero yo perdí mi oportunidad con ella. No tenemos una relación cercana, aunque podría haber sido de otra manera.

El arrepentimiento en su voz le hizo parecer viejo y cansado.

—Ella solía venir a mi despacho y sentarse en el suelo junto a mí mientras jugaba con sus muñecas. Debía de tener seis años. Todas las noches me pedía que fuera a darle las buenas noches antes de dormirse. Yo estaba demasiado ocupado. Ella dejó de pedírmelo —confesó y suspiró—. También dejó de acudir a mi despacho. Ojalá pudiera decir que disfrutó del amor de una niñera, pero yo las contrataba por su eficacia, no por su calidez.

La imagen que estaba describiendo de la niñez de Hope era escalofriante. Luciano, que había crecido en el cariño de un típico hogar italiano adinerado, se estremeció ante el vacío emocional en el que Hope se había criado.

—Ella es muy generosa —señaló.

Dadas las circunstancias, era algo sorprendente.

—En eso se parece a su abuela y a su madre. Las dos eran dulces y cariñosas —comentó Joshua y miró a Hope—. E igual de hermosas.

—Sin duda. Habría encontrado esposo enseguida sin

dificultades. Tus medidas no eran necesarias –comentó Luciano sin comprender por qué el anciano había recurrido al chantaje.

Joshua negó con la cabeza.

–Te equivocas. Hope solo deseaba una cosa y yo se la he conseguido.

Luciano empezaba a comprenderlo.

–Yo.

Joshua se giró hacia él.

–Exacto. Ella te quería a ti y yo estaba más que decidido a que te tuviera.

¿Entonces ella lo había sabido todo el rato? ¿Le había dicho a su abuelo que deseaba casarse con Luciano y luego había esperado a que él se lo procurara? Pero recordando lo difícil de cazar que había sido ella, desechó la idea.

Recordó también cómo Hope no solía quitarle ojo en las cenas de negocios y cómo se había comportado en Nochevieja. Luciano estaba seguro de que Joshua había advertido la pasión entre ellos en aquella ocasión, había sacado sus conclusiones acerca del comportamiento de su nieta y actuado en consecuencia.

Hope no era nada retorcida, al contrario que su abuelo o su recién estrenado esposo. Era sincera y generosa y demasiado honesta como para participar en un chantaje. Se quedaría destrozada si se enterara de ese comportamiento de su abuelo y de lo que él lograría a cambio.

Él se aseguraría de que ella nunca se enterara.

No quería que ella sufriera. Pero sí quería que su abuelo fuera consciente de lo peligroso que había sido chantajear a Luciano di Valerio.

* * *

Hope se peinó el cabello por décima vez frente al espejo del cuarto de baño. Había probado a recogérselo, pero no le gustaba el efecto severo que producía. Además, el cabello recogido no parecía lo más apropiado para una ardiente noche de sexo. Tampoco lo era llevar una hora y media encerrada en el baño.

Luciano la esperaba en el dormitorio contiguo. Ella se había metido en el baño para prepararse, a sugerencia de él. Y en aquel momento ella estaba tratando de reunir el coraje necesario para abrir la puerta y unirse al hombre con el que se había casado. Le temblaban las rodillas.

Ella ya debería estar preparada para aquello. Por dos veces habían estado a punto de hacer el amor. ¡Si hasta él ya la había visto desnuda! Pero nada de eso parecía importar, estaba muy nerviosa.

Deseaba a Luciano, desesperadamente. Pero le asustaba decepcionarlo. Y le asustaba pasarlo mal. Temía que, una vez que hubieran hecho el amor, él perdiera el interés por ella. Ella era alguien diferente en su vida, no como las sofisticadas niñas ricas con las que él acostumbraba a tener romances. No como Zia.

Ella era simplemente Hope. Un anacronismo cultural. Una virgen de veintitrés años. ¿Lograría ella mantener el interés de él una vez que la novedad desapareciera, esa oportunidad única de hacerle el amor a una mujer sin experiencia?

Llamaron fuertemente a la puerta. Había transcurrido más de hora y media y la impaciencia acumulada urgió a Luciano a recordarle que estaba esperándola.

—¿Vas a salir, Hope?

Ella contempló la puerta como si fuera a estallar en

llamas en cualquier momento. Pero eso no sucedió, por supuesto, y se obligó a acercarse a ella y abrirla.

Él se hallaba de pie al otro lado con unos pantalones de pijama de seda negra. El resto de su magnífico cuerpo estaba desnudo.

Hope tragó saliva.

—Hola.

—Estás asustada —afirmó él.

¿Cómo se había dado cuenta?, se dijo ella burlona.

—No tienes nada que temer, tesoro —le aseguró él con suprema confianza—. Seré muy dulce contigo.

Qué fácil para él decirlo. Ella no dudaba de que sería delicado, pero aquello era diferente a lo que habían compartido hasta entonces. Era premeditado. Y por si eso fuera poco, lo que iban a realizar tendría consecuencias permanentes. La boda era una ceremonia, pero aquello era la realidad de estar casado. Ella iba a fundirse en un solo ser con él, un hombre que le inspiraba admiración y amor al mismo tiempo. Y el amor conllevaba confianza, o eso era lo que ella siempre había creído.

—No eres tú quien me asusta —aseguró.

Era la situación en sí.

—Entonces, demuéstramelo, pequeña —dijo él tendiéndole una mano—. Ven a mí.

Luciano esperó en tensión a que Hope se le acercara. No sabía cuánto tiempo más podría mantener su deseo bajo control.

Las últimas semanas habían sido interminables.

Y, cuando le había dado el ultimátum a ella de casarse con él o regresar a Boston, él ni se había acordado del negocio que suponía aquella boda. Solo le preocupaba su necesidad de poseerla y su compromiso de no hacerlo fuera del matrimonio. Le había hecho una promesa y la única manera de cumplirla era casarse con ella o dejar de verla.

El hecho de que su ultimátum hubiera acabado en el matrimonio que él necesitaba para recuperar el control de la empresa familiar le generaba más satisfacción que culpa. Además, sería un buen marido para ella. Mantendría su promesa de fidelidad y ella a cambio le daría pasión y niños.

Joshua Reynolds tenía razón en eso al menos: la píldora no había sido difícil de tragar, pero el agua con que se la había tomado estaba rancia. La única manera de liberar su orgullo del efecto del chantaje era planear una medida justiciera para el anciano. No le arruinaría completamente. Joshua era su nueva familia, después de todo, pero le daría una lección de orgullo siciliano.

Al ver a Hope dar el primer paso hacia él, todas las ideas de venganzas y lecciones desaparecieron de la mente de Luciano. Y le invadió una necesidad ancestral de poseer a aquella mujer.

Su mujer.

Hope.

Los ojos violeta de ella estaban teñidos de emociones confusas. Su miedo fue lo que le hizo a él no moverse y esperar a que ella lo alcanzara. Estaba tan hermosa en su camisón de seda azul eléctrico... Lo arrastraba por el suelo conforme andaba. A él le gustó que no hubiera escogido el tradicional blanco para su noche de bodas. Le gustó aquella señal del fuego que ella poseía en su interior. Azul era la parte más caliente de una llama y, cuando ella estaba en sus brazos, ardía.

Ella se detuvo a un par de pasos de él.

—Estoy nerviosa.

—No tienes por qué, cariño.

—¿Y si no te satisfago? Yo no soy como Zia y las demás. No tengo absolutamente ninguna experiencia.

Lo dijo como si estuviera confesando un gravísimo pecado, pero sus palabras tuvieron un devastador efecto en la libido de él.

O la tocaba o se volvería loco.

Obligándose a ser delicado, posó sus manos en los hombros de ella y le acarició las clavículas con los pulgares. ¿Cómo disipar sus temores?

—Tu inocencia es un regalo que me entregas, no un defecto por el que debas disculparte. Es un honor ser tu primer amante, *cara* mía.

Ella lo miró poco convencida.

—No quiero que seas como Zia. Me gustaría enseñarte todo lo que quiero que sepas.

—¿Enseñarme? —preguntó ella abriendo mucho los ojos y comprendiendo de pronto—. Te gusta eso, ¿verdad? En algunas cosas eres de lo más primitivo, te gusta la idea de ser mi primer amante.

—Tu único amante —puntualizó él.

Ella asintió y se acercó a él, sensual y tentadora.

—Entonces enséñame, querido mío. Hazme tuya.

Aquellas palabras y su ardiente mirada acabaron con el control de él. La atrajo hacia sí ferozmente. A ella no pareció importarle: su cuerpo se fundió con el suyo y lo abrazó con tanta pasión como él.

Él la besó exigente, atormentado de deseo. Algo en su interior le advertía que fuera despacio, que la saboreara, pero su instinto animal no la escuchaba.

La lengua de ella jugueteó tímidamente con la suya

y sus pequeñas manos le acariciaron el rostro mientras ella apretaba su cuerpo envuelto en satén contra el de él.

Con un gemido, él la tomó en brazos y se maravilló ante la pasión que emanaba de aquel cuerpo menudo. Ella ya no estaba asustada. Era como si la primera caricia de él hubiera disipado todas sus preocupaciones.

La tumbó sobre la cama y dio un paso atrás. El corazón casi se le salía del pecho. ¡Santo cielo, ella era perfecta!

Ella se incorporó sobre los codos, mientras sus pezones erectos taladraban el fino camisón.

—¿Luciano?

—Si no bajamos el ritmo, te haré daño —explicó él y esa conciencia atemperó el deseo que dominaba su cuerpo.

No le haría daño. Ella era demasiado menuda, delicada. Él debía tener cuidado.

Ella se sentó y se bajó el camisón hasta la cintura mostrando sus excitados senos. Alargó los brazos hacia él.

—Ven a mí, Luciano. Por favor.

¿Aquella descocada era su mujer, la dulce Hope que se ruborizaba cuando él hablaba de sexo con demasiada franqueza?

—No quiero que vayas despacio —insistió ella.

—Es tu primera vez.

—Lo sé —dijo ella con voz ronca—. Y no quiero tener la posibilidad de asustarme de nuevo. Cuando me tocas, para mí no existe nada más que tú.

Él sonrió y de pronto su necesidad de autosatisfacción quedó casi totalmente sublimada por su deseo de que ella disfrutara de que un hombre experimentado le hiciera el amor.

—No vas a tener miedo, cariño mío. Me rogarás que te posea y yo te lo concederé solo cuando lo desees más que el aire que respiras.

Hope se estremeció ante aquellas palabras y se humedeció los labios nerviosa. Empezaba a sentir miedo de nuevo, un temor sensual motivado por la ardiente mirada de él. Esa noche nada les impediría llegar al final.

Él la besó.

—Eres muy dulce, esposa mía. Un caramelo.

A ella le encantaba que él la llamara así. Correspondió a su beso, pero él se separó y se sentó en el borde de la cama. Ella había cerrado los ojos durante el beso. Los abrió y vio a Luciano a sus pies.

Él tomó su pie derecho y comenzó a masajearlo. Y de pronto ella descubrió un mundo de sensaciones cada vez más excitantes. Los pies no eran zonas erógenas, ¿o sí?

—Hueles muy bien —alabó él.

—Las sales de baño —dijo ella entre jadeos.

Él se inclinó sobre el pie y lo recorrió con los labios, la lengua, los dientes. Ella ahogó un grito.

—Existen unas siete mil terminaciones nerviosas en los pies —le informó él.

—¿De veras? —dijo ella sin aliento y gritó de placer cuando él apretó entre dos de sus dedos y ella sintió la reacción en otra parte de su cuerpo.

Él rio suavemente.

—Sí, de veras. Y si te acaricio aquí... lo sentirás aquí...

Acercó su mano a los rizos en la entrepierna de ella, a través del camisón, mientras con la otra mano le masajeaba el pie. Cielos, él tenía razón.

Ella elevó su pelvis, desesperada por una intimidad mayor y confundida por las reacciones de su cuerpo al masaje erótico de él.

–Sí... –anunció, ahogando un grito–. Puedo sentirlo.

Él repitió la operación en ese pie y luego en el otro, dejándola casi inconsciente de tanto placer, con su cuerpo totalmente receptivo a lo que él deseara hacerle.

Ella notó cómo se deslizaba sensualmente la seda sobre sus piernas conforme él le subía el camisón lentamente. Él le acarició las piernas con las manos y luego la besó en la parte trasera de la rodilla derecha. La humedad entre las piernas de ella aumentó. Gimoteando, se revolvió sobre la sábana conforme él continuaba su recorrido con la boca por su cuerpo, hasta que ella tuvo el camisón enrollado a la altura de la cintura.

Por todos los... él no iba a hacer eso, ¿verdad? Ella no podía permitírselo.

–¡No puedes besarme ahí! –exclamó, intentando apartarse con todas sus fuerzas.

Él esbozó una sonrisa sexy y la sujetó firmemente de los muslos. Se los separó cuando ella intentó cerrarlos instintivamente.

–Te prometo que te va a gustar.

Y, antes de que ella pudiera protestar, acercó su boca allí. Ella había leído al respecto, pero resultaba mucho más íntimo de lo que cualquier palabra podía describir. Un placer insoportable iba creciendo dentro de ella.

La presión estalló por fin sin ningún aviso y ella sintió todo su cuerpo tenso al máximo al tiempo que gritaba.

Luciano encontró una satisfacción indirecta en el

orgasmo de ella. Podía sentir en su fuero interno cada contracción de aquel cuerpo virginal. Él nunca había experimentado el placer de una mujer tan intensamente como el suyo propio y hacerlo le proporcionaba una sensación de plenitud inesperada.

Ella se estremeció bajo la experta boca de él y su sabor se fue endulzando cada vez más con cada explosión de su carne. Él no se detuvo, elevándola a sucesivos niveles de placer cada vez mayores.

Ambos respiraban aceleradamente. Él estaba a punto de explotar, pero no podía detenerse. Los sonidos del placer de ella eran adictivos. Cada gemido le hacía sentirse como un conquistador y a su miembro palpitar endurecido de placer y deseo.

—Luciano, es demasiado. Por favor, detente. Por favor... —gimoteó ella, pero él continuó, haciendo caso a su cuerpo más que a sus palabras.

Finalmente, ella se quedó completamente relajada, haciendo pequeños sonidos de placer en cada respiración. Entonces él la besó suavemente y se retiró, observando el efecto que había tenido aquello sobre ella. Su cuerpo menudo estaba enrojecido de excitación, sus ojos llenos de lágrimas y su boca entreabierta y jadeante. Y unos pezones duros y rojos coronaban sus senos. Él los acarició suavemente.

Ella gimió de nuevo.

Seguía con el camisón enrollado en la cintura y él la quería desnuda. Se lo quitó sin problemas y también se deshizo de sus pantalones de pijama, sintiendo un gran alivio al liberarse del tejido que lo aprisionaba.

—¿Estás preparada para mí, *carina*?

—Quiero que seas parte de mí —susurró ella con rotundidad.

Él no lo dudó. No podía contenerse más. Tenía que poseerla.

Cubrió el cuerpo de ella con el suyo en un solo movimiento y acercó su miembro endurecido a la parte más íntima de ella, hinchada y húmeda. Ya habían hecho eso antes, pero aquella noche él no se detendría. Consumaría el matrimonio y tal vez incluso le haría un hijo.

—Ahora sí que te conviertes en mi esposa.

Capítulo 9

SÍ –SUSURRÓ ella mientras hundía sus dedos entre los rizos del pecho de él.

Él empujó pero, aunque ella había alcanzado el clímax varias veces, seguía tensa.

–Debes relajarte para mí, pequeña.

–Eres tan grande...

–Soy del tamaño ideal para ti. Confía en mí –dijo él loco de deseo–. Entrégate a mí, esposa mía.

–No sé cómo –murmuró ella débilmente.

–Acógeme, cariño. Ábrete a nuestra unión.

Ella cerró los ojos, tomó aire profundamente y exhaló lentamente. Notó cómo su cuerpo se relajaba levemente y él la penetró un poco más. Él comenzó a moverse en un vaivén que aceleró el pulso de ella y provocó que él empezara a sudar conforme se adentraba más en ella.

Él sintió la barrera de la inocencia de ella e iba a detenerse, pero ella se arqueó hacia él gritando su nombre y de pronto él se vio envuelto completamente en la suavidad de ella. Se detuvo en seco.

–¿Estás bien?

Ella abrió los ojos y su mirada llena de emoción le dejó sin aliento.

Él comenzó a hacerle el amor, obligándose a ir despacio, a ir generándole placer a ella de nuevo, hasta que sintió los primeros temblores del orgasmo de ella.

–Y ahora lo compartimos –exclamó él, entregándose al éxtasis que lo invadió.

Exhausto tras aquel alivio, se dejó caer sobre ella y, con las pocas fuerzas que le quedaban, rodó con ella hasta que ella quedó sobre él, todavía unidos.

–Ahora me perteneces.

Ella apoyó su rostro en el pecho de él y acopló el resto de su cuerpo al suyo.

–Y tú me perteneces a mí.

Él no lo negó. La amarga píldora había resultado ser de lo más dulce y él se recreó en la alegría de poseer a una mujer tan dulce, apasionada y auténtica. Ella era todo lo contrario a su abuelo. Todo lo que mujeres como Zia nunca podrían ni aspirar a ser.

Le invadió una ternura que él nunca había sentido hacia ninguna amante y le acarició la espalda, deseando que ella se durmiera en sus brazos.

Ella depositó un beso en su pecho.

–Te amo, Luciano –susurró ella.

Él se estremeció por dentro y casi agradeció a Joshua Reynolds que le hubiera entregado aquel regalo de mujer.

Pasaron la luna de miel en Nápoles. Luciano mantuvo su promesa y llevó a Hope a visitar las ruinas de Pompeya además de otras visitas turísticas. Él nunca se impacientaba con el deseo de ella de ver y experimentar cosas nuevas. Le hacía el amor todas las noches, casi todas las mañanas y muchas de las tardes. Era insaciable y a ella le encantaba. Sorprendida de su propia capacidad de apasionamiento, ella se convertía en una descarada en brazos de él. Le preocupaba un poco esa falta de control sobre su propio cuerpo cada vez que él la tocaba, pero al comprobar el ardor de él se sentía mejor acerca del suyo propio.

Cada día aumentaba su amor por él. Y, aunque ella le confesaba sus sentimientos a menudo, él no decía nada de los suyos.

Él respondía a las necesidades de ella, tierno y delicado cuando debía serlo. Varias veces Hope casi se convenció de que Luciano la amaba como ella a él. Aunque él nunca pronunciaba esas palabras, sí parecía disfrutar cuando se las oía decir a ella. Y él le hacía sentir muy especial: cuando estaban juntos nunca miraba a otra mujer, le hablaba tiernamente y la tocaba a menudo con mucho cariño.

A su regreso a Palermo, ella destilaba felicidad.

–Parece que el haberte casado con mi hermano te está sentando muy bien –bromeó Martina la noche siguiente al regreso de la pareja–. Estás radiante.

Hope sonrió a su cuñada.

–Soy feliz.

Martina rio.

–Estáis hechos el uno para el otro.

Hope empezaba a creer que aquello era cierto y la sensación de júbilo que sentía al encontrar por fin su lugar en el corazón de otra persona era indescriptible.

–Es un hombre increíble.

–Tú no puedes ser imparcial –replicó Martina–. Y Luciano está igual que tú: anoche no te quitó los ojos de encima en toda la cena. Mamá vio bebés danzando en su cabeza, estoy segura.

Hope se llevó una mano al vientre. Solo llevaban dos semanas juntos, pero no podía evitar pensar que, con tantas atenciones físicas como recibía de Luciano, tenía muchas posibilidades de quedarse embarazada. Pero se encogió de hombros, negándose a exponer sus ocultas esperanzas por si acaso resultaban en vano.

—¿Quién sabe?

El teléfono sonó en otra habitación y segundos después entró una doncella.

—*Signora* di Valerio, su abuelo desea hablar con usted.

—Responde la llamada aquí. Yo voy a arreglarme para la cena —dijo Martina.

Hope descolgó el auricular. Se saludaron y él le preguntó por la luna de miel. Ella le contó su visita a Pompeya. Llevaban hablando diez minutos cuando él preguntó:

—Entonces, ¿estás contenta, pequeña Hope?

—¡Muy contenta! —respondió ella sin dudar.

La preocupación de él llegaba tarde, pero aun así la reconfortaba.

—Me alegro. Por fin he conseguido proporcionarte algo que realmente querías —dijo él y carraspeó—. Sé lo que hiciste con el abrigo de piel, y el ama de llaves me contó que el coche no salía del garaje.

—Todavía no sé conducir —señaló ella tímidamente.

Él rio.

—Así que era eso —dijo y enmudeció unos instantes—. No te conozco muy bien.

Era cierto. Nunca había deseado hacerlo, pero tal vez eso había cambiado.

—Tranquilo, no es nada.

–Sí que lo es, aunque eso va a cambiar. Estoy muy feliz de que las cosas funcionen entre Luciano y tú. Es un buen hombre. Orgulloso y cabezota, pero listo. Y comprende el valor de la familia –indicó él ufano–. Lo atrapé y amarré para ti y estoy contento de ello.

A ella le pareció un poco exagerado, pero no dijo nada. Los esfuerzos de su abuelo como casamentero habían logrado que Luciano y ella estuvieran juntos. A cambio, ella podía soportar aquel autobombo.

–Supongo que sí lo hiciste, abuelo. Gracias –dijo con calidez.

–Me alegra que seas feliz, pequeña –repitió él–. Llamaba para hablar con Luciano. Dile que me llame cuando...

–No será necesario. Estoy aquí –interrumpió la voz de Luciano desde otro terminal.

–Consuella me ha dicho que estabas hablando con Hope mientras esperabas a que yo acudiera –explicó.

–Así es. Quería hablar con mi nieta y ver cómo la estabas tratando.

Hope advirtió una extraña nota en la voz de su abuelo.

–Como ha dicho ella, es feliz –señaló Luciano en tono plano.

Ella se sintió como una intrusa en la nueva conversación.

–Os dejaré para que habléis de negocios –comentó.

Su abuelo se despidió, pero Luciano no dijo nada. Ella colgó.

Hope se dio una ducha rápida y se puso un conjunto de ropa interior de encaje. Estaba sacando un vestido color lavanda del armario cuando Luciano entró en el dormitorio.

Ella dejó el vestido sobre la cama y se acercó a él para saludarlo con un beso, pero él se apartó.

–Necesito una ducha.

–A mí me pareces estupendo –dijo ella y sonrió.

Él estaba mejor que estupendo con su traje italiano a medida. Pero no le devolvió la sonrisa.

–¿Atrapado y amarrado? –preguntó sombrío.

–¿Lo has oído?

–Sí.

Y le había molestado enormemente, al parecer. Se hallaba distante e inalcanzable.

–Que las expresiones de mi abuelo no te afecten, él es así –dijo ella.

–Es muy directo.

Ella sonrió de nuevo, esa vez de alivio al ver que él comprendía.

–Cierto. No tiene mucho tacto, pero yo creo que lleva buenas intenciones –dijo, poniéndose el vestido.

–Cuando se trata de ti, su nieta, no cabe duda.

–¿Sabes? Creo que tienes razón. Es muy agradable sentirse cuidada, debo reconocerlo.

Era un concepto nuevo que compensaba algo del dolor provocado por el rechazo de su abuelo durante su niñez y adolescencia.

–¿Independientemente de lo que se haga para cuidar a esa persona? –inquirió Luciano con ferocidad.

¿Qué le ocurría?, se preguntó ella. Todavía no comprendía muchas cosas de su marido. De acuerdo, tal vez los comentarios de su abuelo no habían sido muy halagüeños para Luciano, pero él no podía estar ofendido por la satisfacción del anciano de haber hecho de casamentero. Tal vez su ego masculino estaba herido por la idea de que alguien se hubiera entrometido en su vida.

Ella se acercó a él y posó una mano en su pecho.

—Cómo hemos llegado a estar juntos no es tan importante como el hecho en sí de que estamos juntos, ¿no crees?

—Para ti, ya veo que no —dijo él.

Se giró bruscamente y se metió en el baño hecho un basilisco. Echó el cerrojo. Ella se quedó clavada de la sorpresa un rato, contemplando la puerta. ¿Qué acababa de suceder?

Aquella reacción era desmedida. El intento de celestino de su abuelo al pedirle a Luciano que la visitara en Atenas había sido tal vez poco afortunado. Incluso teniendo en cuenta que había tenido éxito y que él tal vez se sentía algo manipulado, ¿tan terrible era?

Luciano era un hombre muy inteligente. ¿Acaso no sospechaba intenciones ocultas cuando Joshua Reynolds le pedía un favor tan personal? Especialmente, tras haberlos sorprendido en su beso de Nochevieja.

Una cosa estaba muy clara: si él la amara de verdad, no le habrían importado las inofensivas maquinaciones de su abuelo. Después de todo, Joshua no le había apuntado con una pistola y obligado a casarse con ella. Había dispuesto que se vieran de nuevo, pero Luciano había sido quien la había cortejado. Entonces, ¿por qué le molestaba la actuación de su abuelo y el que ella la aceptara? Si había que buscar algún responsable de aquel matrimonio, era el deseo de Luciano.

Sintió náuseas al darse cuenta de que todo se reducía a eso. A deseo. Y el deseo, al contrario que el amor, no aplacaba el orgullo.

Ella había estado segura de que él empezaba a amarla pero su reacción de esa noche le había demostrado lo equivocada que estaba.

Luciano se metió bajo el agua caliente y maldijo hasta quedarse ronco.

Ella había sido parte de ello todo el rato.

Esa mujer en la que él había confiado y que había imaginado como la madre perfecta para sus hijos era en realidad una bruja calculadora a quien no le importaba cómo conseguir lo que quería, con tal de obtenerlo. Donde él había visto inocencia solo había artimañas.

La inicial reticencia de ella ante sus avances no había sido más que una táctica manipuladora, el clásico juego de hacerse la dura. Ella sabía que él no tenía otra alternativa más que cortejarla. Y, a pesar de eso, se lo había puesto difícil, sabiendo que su instinto masculino de caza se activaría. Ella había cumplido su parte para asegurarse de que él quedaba atrapado en la trampa de su abuelo.

Él había tenido razón al sospechar y había sido un tonto por haber desechado la opción tan rápidamente.

La conciencia de haber sido utilizado le generó un deseo de violencia. Golpeó la pared alicatada con el puño, ignorando el dolor que le subió por el brazo.

Había confiado en ella. Había creído que ella era distinta de las otras mujeres que él había conocido. Y lo era. Era una mentirosa mucho mejor que ellas, mucho más fría y calculadora. ¿Había comenzado sus planes antes o después de aquel beso en Nochevieja?

Eso no importaba, él estaba furioso con su propia credulidad.

El dolor de la traición le invadió, enfureciéndolo aún más. Se había equivocado al confiar en ella, eso era un duro golpe para su orgullo. Se había permitido a sí mismo cuidar de ella, creer en un futuro juntos. Y mientras tanto ella y su abuelo se habían estado riendo de lo fácil que había resultado atraparlo.

La arrogancia de ella era escalofriante, ¿cómo podía decir que no importaba cómo habían acabado juntos? Tal vez no importara si ella fuera una mujer honesta y no una mentirosa manipuladora. Él no la protegería de su venganza. Ella aprendería junto con su abuelo que ningún hombre siciliano toleraba ser coaccionado.

Él no era ningún imbécil, por más que llevara semanas comportándose como uno.

Hope se acurrucó abrazada a su almohada, sola en la cama por tercera noche consecutiva. Luciano había pasado de atento y cariñoso a frío y desdeñoso en una incomprensible y aterradora transformación. Y todo porque le enfurecía que su abuelo hubiera hecho de casamentero.

Ella había intentado hablarlo, pero él se había negado a escuchar. En los últimos tres días había trabajado largas horas y, aunque regresaba a la casa familiar antes de la cena, no se metía en la cama hasta que ella se había dormido.

Esa noche ella estaba decidida a esperarle despierta y solucionarlo. Quería recuperar su matrimonio. Habían estado tan bien en Nápoles... No podía aceptar que algo tan poco importante lo destruyera todo.

Se tumbó boca arriba y apartó las sábanas. Al minuto se tumbó boca abajo. Treinta agonizantes minutos después, él todavía no había subido. Incapaz de esperar otro segundo más en el silencio de su enorme dormitorio, se levantó. ¿Dónde estaba escrito que debía esperar dócilmente en la cama a que él apareciera? Iría a buscarlo. Seguramente él se hallaría en su despacho.

Se puso la bata y salió al pasillo. La luz por debajo de la puerta del despacho confirmó su suposición.

Abrió la puerta y lo encontró en su escritorio, rodeado de papeles.

—¿Luciano?

Él elevó la vista y casi le heló el corazón de la gelidez de su mirada.

—¿Qué?

—Tenemos que hablar.

—No tenemos nada que decirnos.

Ella lo fulminó con la mirada, harta de su estúpido ego masculino.

—¿Cómo puedes decir eso? Estás siendo ridículo acerca de este asunto con mi abuelo.

Él se levantó de un salto y casi se abalanzó sobre ella.

—¿Cómo dices?

De acuerdo, no había sido muy delicada, pero era la verdad.

—En Nápoles estuvimos muy bien juntos. ¿Por qué quieres tirar eso por la borda por algo que no tiene importancia?

—Para mí sí la tiene.

Ella extendió sus brazos hacia él.

—Te amo, Luciano. ¿No es eso más importante que las maquinaciones de un anciano?

Él le dirigió una mirada llena de desprecio que ella no comprendió, pero que le dolió horriblemente.

—No vuelvas a hablarme de amor. Puedo vivir sin el tipo de amor que siente una mujer como tú.

¿De qué estaba hablando?

—¿Una mujer como yo? Me dijiste que atesorarías mi amor.

—Los hombres decimos cualquier cosa cuando nuestra libido manda.

—No te creo. Tú querías casarte conmigo. Dijiste que querías que fuera la madre de tus hijos.

Él no podía estar hablando en serio. Aunque no la amara, ella debía de importarle algo.

—No tengo elección al respecto, ¿cierto? —dijo él frunciendo el ceño.

¿Se refería a que, igual que ella, él creía que ya estaba embarazada?

—No lo sé —contestó ella con sinceridad.

Todavía le quedaba una semana para el período.

Él soltó una amarga carcajada.

—Para un hombre que valora la familia, no hay elección.

—¿Sientes que tienes la obligación de dejarme embarazada? —inquirió ella cada vez más descolocada y dolida por su rechazo.

—Ya basta de esta pantomima. Sabes que no tengo alternativa.

—Yo solo sé que hace tres días era más feliz que nunca en mi vida y ahora estoy destrozada —admitió ella y las lágrimas le impidieron continuar.

Algo cambió en el rostro de él, pero le dio la espalda.

—Regresa a la cama, Hope.

–No quiero regresar sin ti –confesó ella, ignorando su orgullo hecho pedazos.

–Ahora no estoy de humor para sexo.

Que un hombre tan sexual como él dijera eso fue la gota que acabó con la confianza de ella.

–Yo tampoco –susurró ella y salió de la habitación.

Ella no solo había querido sexo con él, pero ni siquiera estaba dispuesto a darle su cariño.

Él la dejó marchar sin decir nada.

Al día siguiente, Luciano se marchó al extranjero en viaje de negocios y Hope se esforzó por ocultar su tragedia a la madre y la hermana de él. No lo consiguió del todo, pero ambas mujeres achacaron su melancolía a que echaba de menos a Luciano y ella no hizo nada por aclararlo. En realidad, sí que le echaba de menos, desde bastante antes de que se fuera de viaje.

Al tercer día, él telefoneó para avisarle de que estaría fuera otra semana. Aunque no fue muy cálido por teléfono, el hecho de que llamara animó a Hope. El rechazo de él no había afectado a su amor ni a su necesidad de él, igual que quería a su abuelo a pesar de los muchos años que la había ignorado.

¿Estaba destinada a pasar su vida amando, pero nunca recibiendo amor?

Luciano entró en el dormitorio que compartía con Hope sin encender ni una luz. Llevaba diez días fuera y había echado de menos a su esposa. Odiaba reconocerlo. No debería echar de menos a una mujer que lo había engañado tan despiadadamente, pero así era.

Se despertaba en mitad de la noche buscando el cuerpo de ella, pero ella no estaba allí. Había soñado con ella, ansiando el alivio que encontraba en su dulce carne. Eso al menos no seguiría negándoselo a sí mismo.

Había aceptado que debía dejarla embarazada para asegurarse el control sobre la empresa de su familia. Lo cual significaba que debían mantener relaciones sexuales. Además, dormir en camas separadas no era una opción. Su madre y su hermana se darían cuenta y él vería vapuleado su orgullo una vez más.

Se decía a sí mismo que por eso la telefoneaba tan a menudo cuando estaba de viaje. Resultaría extraño que hablara con su madre más que con su esposa y él no tenía ninguna intención de revelar a su familia que se había casado víctima de un chantaje.

Se quitó la ropa y se metió en la cama. El cuerpo menudo de su esposa estaba abrazado a una almohada. Ella parecía inocente, incapaz del doblez que él sabía que albergaba en su interior... Le resultaba la mujer más deseable del mundo.

La acarició de la manera que había aprendido que más la excitaba y ella pronunció su nombre en sueños. Al menos en eso sí había sido sincera: ella lo deseaba.

Él le quitó la almohada al tiempo que la besaba en los labios. Ella respondió medio dormida. Tenía un sabor tan dulce que él no podía seguir viéndola como su enemiga.

En aquel momento, tan solo era su mujer.

Le bajó el tirante del camisón, dejando al descubierto un exquisito seno. Lo acarició y ella gimió. Él sintió la respuesta de su cuerpo.

Habían transcurrido casi dos semanas desde la última vez que se había perdido en aquel cuerpo. Se moría de deseo por ella. Le quitó el camisón con cuidado y ella no se despertó. Entonces él se tumbó junto a ella y la atrajo hacia sí. Cerró los ojos y se permitió recrearse en la sensación de tenerla de nuevo en sus brazos. Algo que no podría haber hecho si ella estuviera despierta.

Recorrió aquel cuerpo con sus manos hasta llegar a los suaves rizos de su pubis.

Ella se estremeció, se le aceleró la respiración y él supo que se estaba despertando.

Capítulo 10

HOPE no sabía si estaba despierta o todavía dormía.

Luciano estaba besándola y acariciándola.

Ella había soñado tanto con aquello que al principio creyó que eran imaginaciones suyas. Y no quería despertarse y encontrar la realidad de su matrimonio y la ausencia de Luciano. Batalló para seguir inconsciente, pero le pareció que él estaba susurrándole al oído que la deseaba.

Entonces la mano de él se abrió paso entre sus muslos y acarició sus húmedos pliegues íntimos y ella comprobó que estaba despierta. Luciano se hallaba junto a ella y estaban haciendo el amor.

—Estás en casa —susurró ella, soñolienta.

—Sí. Aquí estoy, cariño.

¡La había llamado cariño!, se emocionó ella. Él recorrió su cuello con la boca haciéndola estremecerse. Ella se agarró fuertemente a sus hombros mientras susurraba su nombre.

—Me alegro de que estés en casa. Te echaba de menos —dijo ella entre jadeos, olvidándose de todas sus defensas.

—Yo también echaba esto de menos —dijo él con voz ronca de deseo que la excitó.

Él la deseaba otra vez. Alivio mezclado con una creciente pasión le hicieron moverse inquieta bajo él y entreabrir las piernas en un gesto ancestral.

—Te deseo.

Él gimió y le mordisqueó un pezón, torturándola dulcemente, pero no acercó su cuerpo al de ella.

—Por favor, Luciano. Ahora —rogó ella arqueándose—. Únete a mí. Por favor.

Él soltó un gemido torturado y fundió sus cuerpos en una apasionada embestida. Ella lo acogió en su interior sin una queja. Deseaba aquello. Lo necesitaba.

Él gritó en italiano y comenzó a moverse, llenándola, completándola por fin.

Después, él se tumbó boca arriba con ella encima, todavía unidos y con él todavía excitado.

Ella lo besó en el cuello, el pecho, el rostro.

—Ya no estás enfadado conmigo.

En lugar de hablar, él la sujetó por las caderas y comenzó a moverla. Ella dejó de querer hablar conforme el deseo la invadía.

Aquella vez alcanzaron el clímax juntos y sus gritos de placer se mezclaron en el aire que los rodeaba. Luego él la abrazó y se quedó dormido antes de que ella pudiera obtener respuestas a sus preguntas.

Ella se acurrucó contra él, recreándose en el contacto físico, necesitada de saber que ocupaba un lugar en la vida de él. No podía creerse que él se preocupara tanto por darle placer físico y la odiara al mismo tiempo.

Pero que no la odiara no significaba que la amara. Y ella necesitaba su amor más que nunca.

Agarró la mano de él y se la colocó sobre el vientre. No le había bajado la regla. Se haría un test para cerciorarse, pero estaba segura de que en su interior llevaba un bebé de Luciano.

¿Se alegraría él al enterarse?

La madre de él sí, pero no era ella a quien quería complacer, sino al hombre que le había hecho el amor de forma tan increíble. El que la abrazaba como si ella le importara, como si la hubiera echado de menos tanto como ella a él.

Las dos últimas semanas habían sido horribles, pasando de la certeza de que su boda era un error a la esperanza de que las cosas podían mejorar, que él llegaría a amarla.

Él la había telefoneado todos los días. Si lo hacía para guardar las apariencias o porque realmente necesitaba mantener el contacto, a ella le daba igual.

Aquellas llamadas habían sido su cuerda de salvamento. Él le preguntaba qué había hecho durante el día y respondía a su vez las preguntas de ella sobre sus negocios, compartiendo con ella sus frustraciones y satisfacciones del día. ¿Un hombre que detestara ser su esposo mantendría una comunicación tan relevante con ella? Era una pregunta que se hacía cincuenta veces al día desde que él estaba de viaje. Y ninguna respuesta le convencía.

Lo único que sabía era que, después de haber hecho el amor hacía unos instantes, se sentía más en paz que en las últimas semanas.

Al día siguiente, Luciano se había marchado cuando ella se levantó pero, dado que la había despertado al alba para hacerle el amor, a ella no le importó. Renovada su relación física, se sentía más segura respecto a él. Así que, cuando él telefoneó por la tarde avisando de que no cenaría en casa, ella no se alarmó.

Al menos él había avisado.

Cenó con Claudia y Martina y pasó el resto de la tarde enseñando a su suegra a jugar al *Gin Rummy*.

Cuando se metió en la cama, seguía de buen humor a pesar de que Luciano aún no había regresado. Claudia había afirmado que aquello era inusual en su hijo y había insinuado que él debería trabajar menos cuando llegaran los niños.

Ella estaba adormilada cuando sintió la presencia de él en la cama y se despertó. Hicieron el amor e, igual que la noche anterior, Luciano se durmió sin darle la oportunidad de hablar de nada importante. Lo cierto era que ella tampoco lo había intentado demasiado. No estaba segura de querer contarle sus sospechas de que estaba embarazada. Sería mejor tener pruebas antes.

Ese día marcó la pauta de los siguientes. Si Luciano llegaba a casa para cenar, las horas antes de dormirse hacían el amor. Y luego la despertaba al amanecer y volvían a hacerlo. Él siempre se había marchado a la oficina cuando ella se despertaba por la mañana.

No hablaban y a veces ella le sorprendió mirándola con una amargura que la estremeció. La única vez que ella sacó el tema él le hizo olvidarse de él seduciéndola.

Ella dejó de decirle que lo amaba, ni siquiera durante sus encuentros sexuales. Entre ellos se había perdido un elemento imprescindible de su relación: él ya no la respetaba.

Él la admitía como su amante, pero no como su esposa. Ella se sentía cada vez más tan solo un cuerpo para él. Su matrimonio se encontraba en un punto muerto.

¿Por qué él le culpaba a ella por los tejemanejes de su abuelo? Luciano era implacable en sus negocios, pero justo. Y pagar con ella su enfado por las acciones de su abuelo no lo era. Unas acciones inocuas, por otro lado.

Si no comentaban aquello pronto, ella empezaría a perder el respeto por sí misma. Pero antes, comprobaría si realmente estaba embarazada. Tal vez la certeza de albergar un hijo suyo la ayudaría a tratar con él.

Aquella misma tarde salía de la consulta del médico embargada de emoción.

Estaba embarazada. Confirmarlo era muy distinto a intuirlo. Se sentía aterrada y eufórica al mismo tiempo. Sabía que amaría a su bebé con todo su corazón aunque nunca había tenido uno en brazos.

Agradeció entonces vivir con la madre de Luciano. Ella le ayudaría a aprender a ser madre. Y Luciano también estaría allí. La familia era importante para él, cual italiano tradicional.

No podía esperar para anunciárselo. Seguro que aquello le alegraría, él deseaba hijos. Y por fin dejaría de tratarla como si solo existiera para él en la cama. Ella iba a ser la madre de su hijo.

Le pidió al chófer que la llevara al edificio Di Valerio. Al llegar, subió hasta el ático sin detenerse y apenas esperó a que la secretaria la anunciara.

Cuando ella entró en su despacho, él se puso en pie y rodeó su escritorio.

—Menuda sorpresa.

Ella asintió. No solía ni telefonearle al trabajo.

—Quería contarte una cosa.

–¿Y no podías esperar a que regresara a casa? –inquirió él burlón.

–Cuando estás en casa no hablamos –respondió ella sin poder ocultar su frustración.

–Tengo una reunión dentro de diez minutos. Tal vez esto pueda esperar.

–No.

–Pues abrevia –le urgió él secamente.

La condujo a una silla junto al ventanal con vistas sobre Palermo y se sentó frente a ella.

Maldición, aquel momento debía ser especial, pero él estaba dificultándolo. ¿O tal vez no era el momento adecuado?, dudó Hope. Ya que estaba allí, debía terminar lo que había ido a hacer, se dijo.

Él se removió inquieto y miró la hora en su reloj.

–Estoy embarazada –le espetó ella.

Él se quedó inmóvil y con una expresión hermética en su rostro.

–¿Estás segura?

–Sí. Vengo del médico –añadió ella.

¿Por qué él no reaccionaba? Estaba comportándose como si discutieran los detalles de un aburrido negocio.

–Me sorprende que no hayas hecho nada para evitar concebir tan pronto –comentó él con una sorna que ella no comprendió–. Estaba convencido de que disfrutabas de nuestra intimidad física.

–El médico ha dicho que las relaciones sexuales no dañan al bebé –afirmó ella y se ruborizó ante la mirada de él–. Ha salido de él decírmelo, yo no se lo he preguntado.

–Desde luego. ¿Algo más?

Ella esperaba que él le preguntara cómo se sentía, pero él tan solo se puso en pie. Ella le imitó.

–¿Estás contento con el bebé? –le preguntó sin poder contenerse más.

–Como bien sabes, me alegra que hayas concebido con tanta rapidez.

¿Aquel era el hombre que le había hecho el amor con tanta dulzura la noche anterior?

–Me gustaría oírtelo decir.

Él sonrió con desdén.

–Lo del bebé me alegra. ¿Ya estás satisfecha? ¿Puedo regresar a mis negocios?

La manera en que él había pronunciado aquellas palabras tan deseadas le causó a Hope más dolor que placer. Se le llenaron los ojos de lágrimas. ¿Qué había hecho ella para merecer aquel rechazo constante de la gente a quien debería importarle?

Se puso en pie de un salto y se encaminó a la puerta con las mejillas bañadas en lágrimas.

Él la llamó, pero ella lo ignoró. Siguiendo un patrón aprendido en su niñez, tan solo quería encontrar un lugar donde estar sola y poder lamentarse en privado. Y eso excluía su casa.

No podía soportar siquiera usar la limusina Di Valerio y que su chófer viera su dolor.

Avisó por el móvil al chófer para que se marchara y le aseguró que encontraría la manera de regresar a casa.

La ira y el dolor se mezclaban en Luciano. Quería salir detrás de Hope, abrazarla y decirle lo mucho que le alegraba que ella estuviera embarazada de su bebé. Quería borrarle el dolor de su rostro.

Se despreció por ser tan débil. Ella le había mentido. Había tramado junto con su abuelo una trampa para que se casara con ella.

Sin embargo, ella se había mostrado vulnerable y dolida. ¿Habría él malinterpretado la conversación telefónica de hacía dos semanas? Recordándola, su mente desechó esa idea. Pero no le cuadraban esas palabras con la mujer que se entregaba generosamente a él cuando hacían el amor.

Joshua Reynolds le había chantajeado y Hope lo sabía. ¿Qué otra explicación había?

Ella había dicho que lo amaba. De pronto, él se sintió inquieto. Ella no había repetido esas palabras desde que él había regresado de viaje. Quería oírselas de nuevo y eso le enfureció. ¡El amor de una mujer mentirosa no valía nada!

Pero si sus palabras fueran ciertas...

Él no estaba acostumbrado a sentirse así. No le gustaba aquella confusión ni el deseo que ella le generaba. No le gustaba la duda de que tal vez no debía incluir a Hope en su venganza, ni su mezquino deseo de que ella no descubriera lo que él había hecho para hacerle daño.

No le gustaba la sensación de que sus acciones habían sido estúpidas en lugar de decisivas.

El interfono le alertó de que su cita había llegado. Los negocios eran un terreno mucho más cómodo que las emociones, así que se obligó a concentrarse en ellos.

La luz del sol bañó a Hope al salir del edificio. ¿Dónde podía ir? Tan solo quería estar sola. Recordó los jardines de la finca Di Valerio. Tomaría un taxi hasta allí y, cuando se encontrara preparada para regresar a casa, iría caminando.

El taxista detuvo el coche frente a la cancela principal de la finca. Afortunadamente, Hope recordaba el código de acceso, Martina y ella lo habían usado una tarde que habían salido de paseo.

Una vez traspasados los muros, caminó lo suficiente para esconderse entre los árboles, apoyó la espalda en un tronco y se acurrucó contra él al tiempo que las lágrimas le bañaban las mejillas. Le dolía tanto...

No solo había cometido un terrible error casándose con Luciano, además estaba embarazada de él. Inexorablemente unida a un hombre que no sentía ningún afecto por ella.

Su pena aumentó, y gritó y lloró por todos los años de abandono junto a su abuelo y la perspectiva de un matrimonio con un hombre destinado a tratarla de igual modo.

Mucho tiempo después, le sonó el teléfono móvil. Ella había dejado de llorar, pero no se había movido.

Sacó el teléfono de su bolso. Era Luciano.

No deseaba hablar con él, que había hecho trizas la felicidad de descubrir que iban a ser padres. Esa noche no podría compartir la cama con él, como si nada hubiera sucedido.

No podía soportar la idea de ser simplemente un cuerpo y de que su bebé no significara nada para él.

El teléfono enmudeció.

Diez minutos después volvió a sonar. Ella se negó a responder. Luciano siguió insistiendo y, finalmente, ella lo desactivó.

Pasado un rato, se puso en pie, se sacudió la falda y se encaminó hacia la casa. Empleó veinte minutos en llegar, no tenía prisa.

Cerca ya de la casa, Martina y Claudia corrieron a

su encuentro. Claudia hablaba atropelladamente en italiano y no la entendió, pero Martina le dijo en inglés:

–¿Dónde estabas? Luciano estaba terriblemente preocupado. Todos lo estábamos. ¿Por qué no has contestado al teléfono? Será mejor que lo llames enseguida. Luciano estaba a punto de avisar a las autoridades.

Hope no podía comprender el porqué de tanta preocupación. Si ella desapareciera, él quedaría libre de aquel matrimonio que claramente no deseaba. Entonces se acordó del bebé. Tal vez a él le importaba más de lo que había mostrado.

–Lo siento. No pretendía preocupar a nadie. Solo quería dar un paseo –dijo ella, lo cual era cierto–. Y he apagado mi móvil.

–¿Por qué? –inquirió Claudia.

Hope se sentía fatal por haber creado tanto revuelo, pero no iba a contarles la verdad. Sus problemas con Luciano eran algo entre ellos dos.

–Usted ni siquiera tiene móvil –le dijo a su suegra.

–Pero yo no despido a mi chófer y luego desaparezco durante horas –replicó la mujer.

Hope miró la hora: habían transcurrido tres horas desde que saliera del despacho de Luciano y cuarenta y cinco minutos desde la primera llamada telefónica de él.

–¿Acaso usted nunca sale de compras o de paseo para que nadie la encuentre?

Claudia elevó las manos al cielo.

–Contigo no hay forma de hablar...

–No ha sido más que una tormenta en un vaso de agua. Ella ha salido a dar un paseo y se le ha pasado el tiempo. No le des más vueltas, mamá –señaló Martina.

–Eso díselo a tu hermano.

–No, gracias –dijo la joven con una mueca.

La doncella entró llevando un teléfono inalámbrico.

–*Signor* di Valerio desea hablar con su esposa.

Hope miró el auricular sin ningún entusiasmo.

–¿Hope? –inquirió Claudia preocupada.

Hope agarró el teléfono. Claudia la detuvo unos instantes.

–Todo matrimonio atraviesa momentos difíciles al comienzo, pequeña. No seas demasiado dura con mi hijo, por mucho que haya hecho. Una mujer debe ser suficientemente fuerte para perdonar.

Hope se obligó a sonreír y a darle las gracias.

Claudia y Martina se marcharon para dejarle hablar con Luciano en privado.

–¿Qué? –dijo ella.

–Esa no es forma de saludar a tu marido.

–Vete al infierno, Luciano –contestó ella furiosa.

Le oyó inspirar y supo que a él no le había gustado eso. Pero no le importaba. Ya no.

–No quiero hablar contigo.

Él suspiró pesadamente.

–El chófer ha dicho que le hiciste marcharse. ¿Cómo has llegado a casa?

–¿Y eso qué te importa?

–Estabas disgustada cuando saliste de mi despacho.

–¿Acaso te sorprende? –inquirió ella mordaz.

–No –respondió él con un tono extraño–. ¿Cómo has ido hasta casa?

–He tomado un taxi y luego he caminado. Y he desactivado mi móvil ante tu insistencia con las llamadas. ¿Alguna pregunta más?

–No.

–Pues si eso es todo...

De nuevo, él suspiró.

–Hoy pasaré la noche en Roma. Soy consciente de que no es el mejor momento para marcharme, pero no puedo hacer nada al respecto.

–¿Por qué te molestas en contármelo? –explotó ella sintiendo cómo el dolor de su corazón se extendía por todo su cuerpo–. Solo soy un cuerpo en tu cama. No soy tu esposa. Ni siquiera deseas a nuestro bebé.

Estaba llorando de nuevo y odió a Luciano por presenciarlo.

–Hope...

Ella colgó antes de oír nada más. Todo lo que él decía le dolía y estaba harta de sufrir.

Capítulo 11

LUCIANO volvió a llamar por la noche desde Roma. Ella contestó para no tener que dar explicaciones a su suegra o su cuñada.

—Hola, Luciano. ¿Querías algo? —saludó con un tono sin vida.

—Sí, Hope, quiero muchas cosas, pero he llamado para disculparme por mi comportamiento cuando me anunciaste lo del bebé —respondió él, sonaba cansado—. Quiero a nuestro *bambino*, querida. Siento no haber demostrado mucho entusiasmo cuando me lo dijiste.

Era una disculpa demasiado exigua y demasiado tarde. Tal vez si él no la hubiera tratado tan mal los días anteriores, habría bastado.

—No me llames querida, tú no me amas. No quiero que vuelvas a dirigirte a mí de esa manera.

—Hope, yo... —dudó él.

Era extraño oír dudar a su marido, por lo general confiado.

—Si eso es todo, estoy cansada y quiero irme a la cama.

—Yo también quiero irme a la cama, pero contigo, no en solitario.

Por una vez la sexy voz de él no tuvo ningún efecto sobre ella.

–No quiero volver a dormir contigo.

–Tú no vas a abandonar mi cama –aseguró él en voz baja y temible.

–¿Y cómo vas a impedírmelo? –inquirió ella sin ningún interés.

–Eres mi esposa, duermes en mi cama.

–Ya no me gustas, Luciano.

No le dijo que no lo amaba porque no era cierto. Sí que lo amaba, tonta de ella. Y eso dolía.

–Querida...

–Por favor, Luciano, no quiero hablar más. No sé por qué te casaste conmigo, pero ahora veo que fue un gran error.

–Sí que sabes por qué me casé contigo.

¿Por el sexo? Como ella seguía callada, él continuó:

–A pesar de eso, no fue un error. Podemos lograr que nuestro matrimonio funcione. Hablaremos cuando regrese de Roma.

¿Él quería esforzarse por su matrimonio a esas alturas?

–No puedo seguir con esto. Tan solo me haces daño, no puedo más.

–Eso se acabó. No volveré a hacerte daño, querida.

¿Significaba algo el hecho de que él continuara llamándola «querida» cuando ella le había pedido que no lo hiciera? Era una idea tan tentadora que la rechazó inmediatamente. Ya había creído demasiadas veces que las cosas se solucionarían, para descubrir luego que no era así.

–Hablaremos cuando regreses –dijo ella, repitiendo las palabras de él.

Lo que sucedería en esa conversación era un misterio para ambos.

Cuando contestó al teléfono la mañana después, Hope se encontraba más fuerte psíquicamente y preparada para discutir su matrimonio con Luciano. La noche anterior él se había disculpado, algo poco usual en hombres como él. Así que, si él deseaba esforzarse por sacar adelante su matrimonio, ella también lo haría.

Solo que no era Luciano quien telefoneaba, sino su abuelo.

–¿Qué demonios está ocurriendo por allí? –preguntó él a gritos–. Tengo dos columnas de sociedad delante de mí. En ambas tu marido aparece en unas fotos cenando con una mujer en uno de los mejores restaurantes de Nueva York. Y esa mujer no eres tú.

Hope encajó aquellas palabras como tiros. Luciano se lo había prometido: nada de amantes. Pero también le había prometido que atesoraría su amor y esa promesa la había roto.

–No sé a qué te refieres –respondió ella y era cierto.

–Supongo que podría ser su secretaria pero, ¿dónde estabas tú mientras él asistía a esas cenas de negocios?

–Aquí, en Palermo. Luciano voló a Nueva York en cuanto regresamos de nuestra luna de miel.

Y estaba furioso. ¿Habría transformado su ira en acciones que destruirían su matrimonio?

Ciertamente, la posibilidad de que fuera una cena profesional no era remota. Ella había conocido a la secretaria de él el día anterior. Pero si le pedía a su abuelo que le enviara los artículos, sabría que ella estaba preocupada. Tal vez era una estupidez, pero no deseaba airear sus asuntos de alcoba ni con su familia ni con la de él.

–¿Qué otra cosa iba a ser sino una cena de negocios? –dijo forzando una risa–. No estarás insinuando que Luciano ha buscado otra compañía femenina tan cerca de nuestra boda.

–Cosas más raras han sucedido, pequeña.

–No con un hombre como Luciano.

Hasta las últimas dos semanas, ella le habría confiado su vida.

–Hay cosas que no sabes –aseguró él, llenándola de temor.

–¿A qué te refieres?

–No importa. Pregunta a Luciano sobre esas fotos, Hope. La comunicación es importante para un matrimonio saludable.

Viniendo de su abuelo, quien consideraba el preguntarle si deseaba más vino en la cena como una conversación privada, eso daba risa. Solo que ella no tenía ganas de reír.

Colgó y se sentó frente a un ordenador con Internet. En menos de treinta minutos tenía ante sí las noticias a las que se refería su abuelo. Ambas eran artículos pequeños en la sección de sociedad de un periódico de Nueva York.

Mencionaban el nombre de Luciano, pero no identificaban a su acompañante. Hope no necesitó esa información extra al ver las fotos: la mujer era Zia Merone y su expresión no era de negocios precisamente.

Hope logró llegar al baño y vomitó.

* * *

Quince minutos después, estaba en su dormitorio con la puerta cerrada, una copia de los artículos en una mano y el teléfono móvil en la otra. Necesitaba hablar con Luciano, obtener una explicación racional a sus citas para cenar con Zia. O escuchar de su boca que también había roto esa promesa. ¿Podía confiar en que él no le mentiría?

Sonó tres veces antes de que alguien contestara.

–*Pronto* –dijo una voz de mujer.

¿Zia respondía al teléfono de Luciano? A Hope se le encogió el corazón.

–Señorita Merone, me gustaría hablar con mi marido.

–¿Eres Hope? –preguntó la modelo sorprendida.

–Sí. ¿Dónde está Luciano?

–En la ducha.

Hope ahogó un grito, destrozada.

–Me sorprende que no esté dentro con él. A él le gusta el sexo en la ducha –dijo sarcástica pero, si a Zia le hirió, a ella le dolió aún más.

–No me apetecía –replicó la italiana insinuante en lugar de dolida.

Hope sintió que le temblaban las piernas y se sentó en el borde de la cama. Deseaba morirse.

–¿Está usted diciendo que ha pasado la noche con mi marido? –preguntó con voz temblorosa.

–¿Seguro que quiere que conteste a esa pregunta?

–No –susurró Hope con la garganta hecha un nudo–. Pero necesito que lo haga.

Zia dudó. Al hablar de nuevo, su voz había cambiado.

–Tal vez sería mejor que hablara de esto con Luciano.

Hope no respondió. El vacío en su interior era tal que se sentía como atontada.

—¿Hope? ¿Eres tú, querida? —interrumpió otra voz, y ella supo que estaba muy despierta.

—¡No me llames así, bastardo! —gritó con todas sus fuerzas—. Me has mentido.

Tapó el auricular para que él no la oyera llorar.

Él empezó a hablar, pero ella lo interrumpió.

—Me lo prometiste: nada de amantes. Yo te creí. Qué idiota soy... ¡No has mantenido ninguna de tus promesas! Te odio.

—¡Hope, esposa mía, no es lo que crees!

Ella sería una tonta si se creyera la desesperación que él parecía destilar. Le oyó preguntarle a Zia qué le había dicho y las maldiciones que pronunció en italiano al terminar ella.

—¿Te has acostado con ella? —preguntó Hope presa del dolor.

—No. Ya basta, estás preocupándote por nada.

—¿Y tus cenas con ella en Nueva York también son nada, Luciano?

La respuesta fue un denso silencio.

—¿Tal vez creíste que no me enteraría?

—¿Y cómo te has enterado?

—Por mi abuelo.

—Maldito entrometido...

¿Cómo se atrevía a echarle la culpa de la situación a otra persona?

—No lo culpes por mostrarme el canalla mentiroso que eres. Si no hubieras roto tu promesa, no habría habido nada en lo que entrometerse.

—No te he mentido. Ni tampoco he roto ninguna promesa.

¿Cómo podía decir eso?

—Estabas en la ducha cuando he llamado, Luciano.

—Eso no prueba nada.

—Prueba que estás en una habitación de hotel con otra mujer. ¿O tal vez la has llevado a tu apartamento auxiliar, *signor* di Valerio? Supongo que no es la primera vez que ella lo visita.

—No, Hope, no es lo que crees.

Él sonaba igual que se sentía ella, destrozado. Pero ella no podía confiar en aquellas palabras cuando las acciones de él hablaban por sí solas.

—Sí que lo es. Lo ha dicho Zia.

—Lo que Zia haya dicho es un error.

—Nuestro matrimonio es el único error.

—¡No, *amore* mío! Eso no es ningún error. Debes escucharme.

—¿Para que me cuentes más mentiras? —replicó ella casi asfixiada de dolor—. Al menos tu novia ha sido sincera.

Él llamó a Zia y la mujer se puso al teléfono.

—Hope, siento mucho si he insinuado que me he acostado con tu marido. No lo he hecho —le aseguró preocupada—. Debes creerme. Luciano estaba dormido cuando he llegado esta mañana para comentar unos negocios.

—¿Pretendes que te crea?

Él nunca dormía hasta tarde.

Zia hizo un sonido de impaciencia.

—Estaba recuperándose de la resaca, creo. Tenía un aspecto horrible. Más o menos como ahora...

—¿Esperas que me crea que él se emborrachó anoche, se quedó inconsciente y no se ha levantado hasta que tú has llegado esta mañana?

–Sí. Créeme, porque es la verdad. Tu marido se preocupa por ti. Siento el papel que he desempeñado, pero solo era un papel. Luciano no quiere a ninguna mujer más que a ti.

Hope no comprendía muy bien qué papel había representado Zia.

–¿Qué tipo de negocios tienes con mi marido?

¿Por qué se molestaba en preguntarlo? «Porque quieres creerla, idiota», se mortificó.

–Está invirtiendo dinero para mí, la carrera de modelo es corta. Eso es todo, te lo prometo.

–Viajaste con él a Nueva York.

–No. Yo tenía un desfile. Nuestro encuentro fue por casualidad, nada más. Un par de cenas entre amigos, pero no citas. ¿Acaso nunca has pasado una velada con un hombre que solo consistiera en conversar con él?

Todas las citas de Hope terminaban siempre de forma inocente salvo con Luciano.

–Yo no tengo tu sofisticación –señaló Hope con voz gélida.

Zia suspiró, nada impresionada.

–No ha sucedido nada entre Luciano y yo. Ya ni siquiera me besa en la mejilla al saludarme.

Hope ardía en deseos de creerla pero, ¿supondría eso exponerse a que él le partiera el corazón del todo?

–¿Hope? –preguntó Luciano.

Ella abrió la boca, pero no le salían las palabras.

–¿Estás ahí, querida?

Él no la amaba, pero ella era su esposa. Presumiblemente, ese hecho por fin había adquirido algún sentido.

–Aquí estoy.

–Estaré en casa en cuanto consiga hora para despegar en el aeropuerto. Tenemos que hablar. Espérame allí.

¿Estaba ella dispuesta a concederle aquella oportunidad?

–Por favor, *cara* mía –rogó él humildemente.

–Aquí estaré.

Descalza y con unos pantalones cortos y una camiseta, Hope hojeó la revista sobre bebés que le habían dado en la consulta del médico el día anterior. Su estudiado desaliño era una rebeldía hacia el ego de su marido y hacia sus propias emociones. Como había prometido, estaba esperándole, pero se negaba a arreglarse en exceso para aquella confrontación.

–Hope...

La revista se le cayó al suelo. Qué fracaso de recibimiento frío. La recogió y la dejó cuidadosamente en una mesita auxiliar sin apartar los ojos de ella. No quería mirar a su apuesto esposo, le dolería demasiado experimentar su amor tan profundo y saber que no era correspondido.

Una mano morena y cálida cubrió la suya.

–Cariño... –dijo él, arrodillándose junto a ella.

Ella lo miró. Él se había quitado la chaqueta y la corbata y se había abierto un poco la camisa. Parecía que se había atusado el pelo con las manos varias veces. Y su mirada era tan intensa que ella no se atrevió a desconfiar.

–Tu madre y Martina han ido de compras a Palermo. Me han invitado, pero yo les he dicho que te esperaría aquí.

Era una charla sin importancia, pero menos arriesgada que las preguntas que bullían en su interior.

Él apretó la mandíbula.

—Me alegro de que estés aquí.

—Dijiste que teníamos que hablar.

—Sí —dijo él poniéndose en pie y alejándose de ella—. Quiero que nuestro matrimonio dure.

—¿Por qué?

—Soy siciliano. No creo en el divorcio —respondió, todavía de espaldas a ella.

Aquellas palabras eran una sentencia de muerte para las esperanzas que ella se había esforzado tanto por alimentar.

—¿Por qué te casaste conmigo si no me amas?

Él se giró bruscamente con una expresión temible en su rostro.

—Sabes muy bien por qué. He sido cruel, lo reconozco, pero tú también debes reconocer que tienes algo de culpa al respecto.

—¿Porque era virgen?

—Déjate de juegos —dijo él agarrándola por los costados—. Te oí darle las gracias a tu abuelo por haberme manipulado para ti.

Ella lo miró anonadada.

—No comprendo por qué te molesta tanto que él hiciera de celestino. Tú ni siquiera tenías por qué acceder.

—Qué inocente suena, «hacer de celestino». Pero yo lo llamo chantaje.

«Hay cosas que no sabes», resonó en la mente de Hope.

—¿Estás diciendo que mi abuelo te chantajeó para que te casaras conmigo?

Era imposible. Ese tipo de cosas sucedían en la Edad Media. Pero la expresión de Luciano confirmó sus sospechas.

−¿Y tú intentas convencerme de que no lo sabías?

Ella lo fulminó con la mirada. La ira y el resentimiento bullían en su interior a punto de explotar. Se encaró con él.

−No tengo que convencerte de nada. Si no me respondes tú, llamaré a mi abuelo y se lo preguntaré.

−No te vayas, te lo contaré −la detuvo él pálido−. ¿Desconoces los métodos que tu abuelo empleó para juntarnos?

−Te pidió que quedaras conmigo en Atenas −respondió ella como si fuera obvio.

−Me pidió que fuera en tu busca, sí, pero coaccionándome a que me casara contigo.

Aquello explicaba muchas cosas. Un hombre tan orgulloso como él habría tolerado mal que otra persona lo manipulara. El motivo del chantaje debía de ser muy poderoso.

−¿Con qué te chantajeó?

−Con Valerio Shipping.

−¿La empresa de tu bisabuelo? ¿Cómo pudo amenazarte mi abuelo con ella? Es una empresa familiar.

−Lo era, pero mi tío está metido en el juego. Perdió mucho dinero y, en lugar de tragarse su orgullo y pedírmelo, vendió sus acciones a tu abuelo. Joshua también se aseguró acciones y poderes de otros miembros de la familia para poder controlar la empresa. Me amenazó con fusionarse con nuestro principal competidor, lo cual supondría la desaparición del nombre Di Valerio.

Y eso él no lo habría tolerado.

–¿Cuáles fueron las condiciones? –inquirió ella, abrumada al conocer la crueldad de su abuelo.

Conforme Luciano le contaba los términos de su matrimonio de conveniencia, ella se quedó helada hasta lo más profundo de su ser.

–Así que planeabas dejarme embarazada y después abandonarme.

Tenía sentido. Una vez que ella tuviera el bebé, él recuperaría el control sobre su empresa y ya no la necesitaría. Incluso aunque se divorciaran, él mantendría el control por su hijo. También explicaba su gélida reacción al anuncio de que iban a ser padre.

–Por eso hiciste ese comentario de que me había quedado embarazada pronto... –dijo ella casi sin poder respirar–. No tenías ninguna intención de regresar a mi cama una vez yo hubiera concebido.

–No fue así.

–¡Fue justamente así! Tú lo has dicho –exclamó ella dejándose caer en un sofá, mareada.

Luciano se acercó a ella, pero se detuvo antes de tocarla.

–Al principio, creí que no lo sabías. Yo tenía intención de que nuestro matrimonio fuera auténtico y para siempre. Tú eras inocente, incluirte en una *vendetta* contra tu abuelo hubiera sido un error.

Él la miró, pero ella tenía el corazón sangrante y no pudo ofrecerle la comprensión que él buscaba.

–Creí que serías una buena esposa y una madre admirable –añadió él.

Dos semanas antes, aquellas palabras hubieran sido cumplidos, pero a esas alturas eran solo un testimonio de la tibieza de los sentimientos de él hacia ella.

–Decidiste sacar el máximo de una mala situación.

El rostro de él se tensó.

—Exacto.

—Pero entonces nos oíste hablar a mi abuelo y a mí y llegaste a tus propias conclusiones —añadió ella, mareada al recordar lo que habían dicho y cómo podría interpretarse.

Su abuelo tenía muchas preguntas que responder y ella pretendía hacerle responsable en cuanto lograra recuperar el control sobre su estómago revuelto.

—Sí. ¿No puedes comprender cómo me sentía? Tu abuelo utilizó la debilidad de mi tío contra mí, contra la familia Di Valerio. No podía permitir que eso quedara así.

—Así que decidiste cobrarte tu venganza abandonándome una vez que me quedara embarazada.

Capítulo 12

ERA UN plan demasiado frío y él no se lo hubiera planteado si la amara.

Él negó con la cabeza, más sombrío todavía que antes.

—Ese no era mi plan. Quería que creyeras que tenía una amante. Zia accedió a ayudarme en eso. Yo pretendía avergonzarte hasta que me pidieras el divorcio. No había contado con el bebé.

—Pero así, ¿cómo habrías logrado recuperar el control de tu empresa?

—Ya había comprado todas las acciones en circulación, incluyendo aquellas sobre las que tu abuelo tenía poderes. Recuperar la mitad de las acciones habría satisfecho mi orgullo, más que mi necesidad. Era parte de mi venganza.

—Nunca planeaste dejarme embarazada —dijo ella incrédula protegiéndose automáticamente el vientre.

Él volvió a darle la espalda.

—Me volví loco. Solo podía pensar en que me habías tomado por tonto. Y en lo estúpido que había sido por confiar en ti. Pero que concibieras un hijo mío no entraba en mis planes. Quería hacerte daño, lo confieso. Quería que Joshua pagara su afrenta.

—Puedes estar orgulloso, porque lo conseguiste —afirmó ella con el corazón hecho pedazos.

Él se giró.

–No estoy orgulloso, sino avergonzado. Lo siento mucho –afirmó él con sinceridad.

–Te creo –dijo ella y suspiró, intentando aliviar la tensión de su pecho.

Ella lo creía arrepentido, pero su disculpa no podía deshacer el dolor causado. Se había casado con ella porque se había visto obligado a hacerlo, no porque lo deseara. Ella sintió un rechazo demoledor.

–Creí que yo te importaba. Sabía que no había amor, pero este asunto entre mi abuelo y tú es tan degradante... –comentó y se detuvo, embargada por las lágrimas–. Nunca habría imaginado algo así, pero explica muchas cosas.

Él dio un paso hacia ella con la mano extendida.

–Hope, te lo ruego, podemos hacer que nuestro matrimonio funcione.

Ella se apartó, casi cayéndose del sofá.

–No te acerques a mí. No quiero que me toques.

Recordó cómo la había chantajeado él a casarse, utilizando su cuerpo como el cebo, y se estremeció.

–Quiero un tiempo para pensar. A solas.

Él sacudió la cabeza bruscamente.

–Ya hemos pasado suficiente tiempo solos.

–¿Y de quién ha sido la culpa? –replicó ella apartando la mano de él–. Yo te echaba mucho de menos, pero tú me has tratado como a una cualquiera. Desde que regresaste de tu viaje, te has negado a hablar conmigo, pero has utilizado mi cuerpo sin reparos. Deduzco que era parte de tu plan de venganza: hacerme sentir como una golfa para que sufriera más, ¿verdad?

Él la miró horrorizado.

—No ha sido así.

—Pues es lo que parece desde donde yo lo veo. No sé si puedo seguir casada contigo —murmuró dolida.

—No permitiré que te divorcies de mí.

—Ya no estamos en la Edad Media, no puedes decidir mi vida.

Él se pasó la mano por el cabello.

—He cometido un error, lo reconozco, pero lo arreglaré. Te lo prometo.

—Como eres tan bueno cumpliendo tus promesas... —se le escapó a ella, pero no sintió ninguna satisfacción cuando vio su mueca de dolor.

—No me acosté con Zia.

—Eso todavía está por demostrar.

El plan de él de fingir un romance tenía sentido. Romper su palabra no cuadraba con Luciano, pero ella todavía no estaba dispuesta a exculparlo de eso. Ya que él lo había ideado, que pasara un poco de vergüenza.

Y aparte, ¿cómo iba él a mejorar las cosas cuando su falta de amor era lo que a ella más le dolía?

—Necesito un tiempo a solas —repitió ella con los ojos inundados de lágrimas—. Quiero telefonear a mi abuelo. No entiendo cómo ha podido hacerme esto.

Luciano elevó las manos en un gesto de rendición.

—¿Volveremos a hablar después de esto? —inquirió, por una vez sin su seguridad habitual.

—Sí —respondió ella sin poder pensar en otra opción.

Él asintió.

—Te dejaré para que hagas tu llamada.

Se giró y ella tuvo una irracional necesidad de llamarlo, pero se contuvo.

Necesitaba tiempo para decidir si su matrimonio podía sobrevivir a su concepción.

Luciano salió de la habitación sintiéndose muerto por dentro. Su bella esposa lo odiaba y estaba decepcionada con él. Sus ojos, que una vez lo habían mirado amorosamente, lo despreciaban.

¿De qué serviría que ella hablara con su abuelo? Él esperaba que ese tiempo a solas la tranquilizara lo suficiente para poder hablar de su futuro juntos. Pero, ¿y si hablando con su abuelo ella perdía la poca fe que le quedara en su matrimonio?

Él lo había estropeado todo, se reprochó. No estaba acostumbrado a disculparse y sabía que no había logrado hacerse entender. Había dejado muchas cosas sin decir, emociones que le costaba admitir que sentía porque eso le hacía vulnerable. Y él detestaba la vulnerabilidad.

Pero para conservar a su mujer haría y diría lo que fuera.

No podía ni imaginarse el agujero en el que caería si ella le dejaba.

Hope esperó impaciente a que su abuelo contestara al teléfono. Era temprano en Boston, pero él ya estaría trabajando.

—Hola, Hope, ¿has averiguado ya qué sucedía con Luciano y esas cenas en Nueva York?

—Sí. Ahora lo sé todo. *Todo* —enfatizó ella.

—¿Te ha contado nuestro acuerdo?

—¿Te refieres a tu chantaje para que se casara conmigo? Sí, me lo ha contado –respondió ella y se tragó sus lágrimas mientras su abuelo maldecía–. ¿Cómo has podido hacerme esto?

–Lo hice por ti. Luciano era lo único que tú realmente deseabas. Me di cuenta de ello en Nochevieja. Llevabas enamorada de él años, pero hasta esa noche no fui consciente –explicó él e hizo una pausa–. Por la forma en que él te besó, supuse que él también te deseaba, pero seguramente acabaría casado con alguna chica siciliana y tú te quedarías al margen. Así que le tendí una trampa y cayó en ella. Con la pasión que había entre vosotros, supuse que el estar juntos haría el resto.

–¡Pero él no me ama!

–Tonterías. Los hombres como Luciano no admiten sus emociones más íntimas. Mírame a mí: solo le dije una vez a tu abuela que la amaba, el día que nació nuestra hija.

Hope sintió lástima de su abuela. Su matrimonio no debió de ser fácil.

Pues yo quería casarme con un hombre que me amase y fuera capaz de expresarlo.

–Tú querías a Luciano.

–¡Pero no a fuerza de un chantaje! ¿Tienes idea de lo humillada que me siento ahora? Me duele todo el cuerpo.

–¿Qué ha hecho él?

–No se trata de él, sino de lo que has hecho tú: me has tendido una trampa.

–Lo que he hecho ha sido asegurarte tu porvenir, te he unido a Luciano.

–Me has expuesto al rechazo de un hombre cuyo orgullo había sido pisoteado por tu implacable acuerdo.

No puedes esperar que un hombre como Luciano haga algo tan personal como casarse y que todo salga bien.

–No veo por qué no. Él debía casarse algún día, ¿por qué no contigo ahora?

–¡Porque no me ama! –exclamó ella desesperada.

–No hace falta que grites. Ese hombre te desea y te quiere solo para él. Seguramente es lo más cerca que una mujer puede estar del auténtico amor.

Ella se acurrucó. ¿Tendría razón su abuelo?

–No deberías haberlo hecho.

–Hope, es lo único que podía darte.

–Lo único que yo quería era tu amor...

Era todo lo que había deseado de los dos hombres más importantes de su vida y lo único que parecía destinada a no conseguir.

–Tengo que irme.

–Espera, pequeña. Claro que te quiero. Y nunca he pretendido hacerte daño –afirmó su abuelo conmovido.

Ella llevaba desde los cinco años, cuando se quedó huérfana, deseando escuchar esas palabras. Sanaron algunas cosas en su interior, pero no lograron suavizar el dolor del rechazo de Luciano ni la intervención de su abuelo en el asunto.

–Yo también te quiero –dijo y colgó.

Salió a dar un paseo mientras su mente no dejaba de dar vueltas. Luciano había sido chantajeado a casarse con ella. Ella no tenía ningún derecho de retenerle y menos aún de solicitar su amor. Albergaba en su interior al bebé de él pero, ¿era eso suficiente para mantener un matrimonio de conveniencia? No.

«Pero tu amor y su sinceridad tal vez sí», se dijo.

Él tenía razón, habían pasado demasiado tiempo separados últimamente. Si él quería intentarlo de veras, a ella no le quedaba otra opción porque no podría soportar vivir sin él.

Regresó a la casa y buscó a Luciano. Estaba en una tumbona junto a la piscina. Aún no se había cambiado de ropa y tenía una expresión sombría.

–Luciano, ¿podemos ir a nuestra habitación? Es el único lugar donde podemos hablar sin temor a que nadie nos interrumpa.

Él se puso en pie y la tomó del brazo. Ella no rechazó su contacto y él se relajó un poco.

Una vez en sus dependencias, se sentaron en un sofá.

–¿Qué has decidido? –preguntó él.

–Explícame de nuevo por qué estabas con Zia.

–Quería que creyeras que teníamos una aventura. Estaba devastado, convencido de que habías tomado parte en el chantaje. Pero, después de regresar de Nueva York, me di cuenta de que no deseaba seguir con esa pantomima –explicó él, tomándola de las manos–. Te juro que no ha ocurrido nada con Zia. Solo te deseo a ti, desde Nochevieja no ha habido nadie más en mi vida. Te lo aseguro.

Para un hombre como él, seis meses de celibato era algo muy poco usual.

–Pero se te olvidó avisar a Zia y, cuando ella con testó al teléfono, siguió representando su papel –dedujo Hope–. Deseo creerte.

–¿Pero...?

–Has roto tu otra promesa, la de que atesorarías mi amor –comentó ella intentando retirar sus manos ante el dolor que la inundaba, pero él no se lo permitió.

–No es cierto. Siempre lo he atesorado en mi corazón y, cuando dejaste de decirme que me amabas, me dolió más de lo que quise admitir. Hacía el amor contigo a menudo para asegurarme a mí mismo que al menos la pasión entre nosotros era real y sincera. Que me deseabas aunque no me amaras.

Aquello era tan parecido a lo que ella misma había sentido que Hope casi se quedó sin palabras.

–¿Entonces yo no era solo un objeto para saciar tu poderoso apetito sexual?

De pronto se vio en el regazo de él y rodeada por sus fuertes brazos.

–Nunca te he considerado eso. Yo sufría y el único lugar donde podía conectar contigo era en la cama.

–¿Y ahora quieres que me quede solo por el bebé? Él hundió el rostro en el pecho de ella.

–No. Quiero que te quedes por mí. No puedo vivir sin ti, *cara* mía –admitió él haciéndola estremecerse con unos dulces besos–. Sé que has dejado de amarme. Lo merezco. Pero yo sí te amo a ti. Eres el aire que respiro, mi otra mitad. Lograré que me ames de nuevo: todavía me deseas.

Agarró uno de los senos de ella y acarició su pezón duro.

Ella tomó el rostro de él entre sus manos y lo miró a los ojos.

–¿Tú me amas? –inquirió asombrada.

–Desde antes de Nochevieja, pero admitirlo suponía una amenaza para mi independencia. Y yo, como era un tonto, creía que eso importaba. Pero sin ti, toda la libertad del mundo no es más que una celda diminuta en la prisión de la soledad.

Ella lo miró atónita. Él no solo había admitido que la amaba, además lo había hecho de una forma muy poética.

–Qué sentimental te has puesto...

Él se encogió de hombros, más magnífico que nunca. Sus ojos la miraban con calidez y su cuerpo ardía solo por ella.

–Contigo me vuelvo sentimental –dijo y la besó en la boca–. Dime que te quedarás y déjame que te enseñe a amarme otra vez.

–Me quedaré, pero no tendrás que enseñarme a amarte, porque ya te amo.

–¡Mi hermosa Hope! Te amo, te adoro –exclamó él y continuó en italiano al tiempo que los desnudaba a ambos.

Hicieron el amor en la cama, intercambiando promesas de amor que antes habían contenido.

Al terminar, ella se acurrucó contra él.

–Supongo que esto significa que estás enormemente feliz con el bebé.

–Desde luego –afirmó él con una sonrisa radiante–. ¿Y sabes qué? Ya no deseo vengarme de tu abuelo. Estoy agradecido de que interviniera, a pesar de que mi orgullo no me haya permitido reconocerlo antes. Pero hacerle daño a él sería hacerte daño a ti y eso no volverá a ocurrir.

Ella se estremeció de alivio.

–La culpa de un siciliano es más fuerte que su deseo de venganza –bromeó ella.

Él se puso muy serio.

–Nada de culpa: amor. Esto es amor siciliano.

Ella se moría de ganas de creer que él la amaba. Pero él había sido forzado a casarse.

–Mi abuelo no te dejó escapatoria.

Él sacudió la cabeza.

–Ya te lo he dicho: para cuando nos casamos, yo ya

había recomprado la mayoría de las acciones. No necesitaba su parte para controlar Valerio Shipping.

Ella lo miró emocionada.

—Entonces, querías casarte conmigo...

—Sí. Tanto, que temí que no me creyeras respecto a Zia y me dejaras. Me aterraba perderte.

—Eso fue antes de que supieras que yo no había planeado el chantaje —señaló ella atando cabos.

De pronto lo comprendió todo y le invadió un profundo amor y confianza en el amor de él.

—Querías que nuestro matrimonio funcionara a pesar de que creías que yo te había chantajeado...

—Eres mi otra mitad. Sin ti, no soy nada.

—Te amo, Luciano. *Ti amo* —repitió en italiano.

—Para siempre.

—Sí.

—Yo también te amaré siempre. Voy a hacerte sentir la mujer más amada sobre la faz de la tierra.

Era un objetivo ambicioso, pero él podía alcanzarlo. Tan solo tenía que seguir mirándola como en aquel momento.

Y ella lo amaría como ninguna otra mujer.

Luciano contempló a su hermosa Hope. Su amor era lo más valioso del mundo para él.

No permitiría que ella lo olvidara.

Bianca

Para evitar más escándalos, tenía que aceptar a su hijo y convertir a la bella Arden en su reina del desierto

Rodeada de famosos de la alta sociedad, Arden Wills se encontró de repente mirando a los ojos de su primer y único amor, pero, como Idris Baddour se había convertido en jeque y tenía muchas responsabilidades, ella había decidido guardar su secreto todavía mejor.

El tiempo no había hecho menguar la intensa atracción que había entre ambos y el primer beso había ido a parar a las primeras páginas de todos los periódicos, sacando a la luz el secreto de Arden, ¡que tenía un hijo del jeque!

EL HEREDERO SECRETO DEL JEQUE

ANNIE WEST

Acepte 2 de nuestras mejores novelas de amor GRATIS

¡Y reciba un regalo sorpresa!

Oferta especial de tiempo limitado

Rellene el cupón y envíelo a

Harlequin Reader Service®
3010 Walden Ave.
P.O. Box 1867
Buffalo, N.Y. 14240-1867

¡Sí! Por favor, envíenme 2 novelas de amor de Harlequin (1 Bianca® y 1 Deseo®) gratis, más el regalo sorpresa. Luego remítanme 4 novelas nuevas todos los meses, las cuales recibiré mucho antes de que aparezcan en librerías, y factúrenme al bajo precio de $3,24 cada una, más $0,25 por envío e impuesto de ventas, si corresponde*. Este es el precio total, y es un ahorro de casi el 20% sobre el precio de portada. !Una oferta excelente! Entiendo que el hecho de aceptar estos libros y el regalo no me obliga en forma alguna a la compra de libros adicionales. Y también que puedo devolver cualquier envío y cancelar en cualquier momento. Aún si decido no comprar ningún otro libro de Harlequin, los 2 libros gratis y el regalo sorpresa son míos para siempre.

416 LBN DU7N

Nombre y apellido	(Por favor, letra de molde)

Dirección	Apartamento No.

Ciudad	Estado	Zona postal

Esta oferta se limita a un pedido por hogar y no está disponible para los subscriptores actuales de Deseo® y Bianca®.
*Los términos y precios quedan sujetos a cambios sin aviso previo.
Impuestos de ventas aplican en N.Y.